집착으로부터의 도피

천리향 0001 집착으로부터의 도피

1판 1쇄 펴낸날 2016년 2월 19일
1판 4쇄 펴낸날 2019년 8월 21일
지은이 이재무
펴낸이 이재무
책임편집 박찬세
디자인 이영은
펴낸곳 (주)천년의시작
등록번호 제301-2012-033호
등록일자 2006년 1월 10일
주소 03132 서울시 종로구 삼일대로32길 36 운현신화타워 502호
전화 02-723-8668
팩스 02-723-8630
홈페이지 www.poempoem.com
이메일 poemsijak@hanmail.net

ISBN 978-89-6021-258-9 04810
    978-89-6021-257-2 04810(세트)

값 12,000원

Lee Jae Moo Essay

이재무 산문집

집착으로 부터의 **도피**

천년의 시작

" 마돈나의 이상을 가진 사람이 소돔의 이상으로 끝을 맺고 소돔의 이상을 가진 사람이 마돈나의 이상을 불 태운다는 사실이 끔찍하다. "

이 말은 도스토예프스키의 장편 『카라마조프가의 형제들』에 나오는 드미트리의 말이다.

열 살, 스무 살, 서른 살, 마흔의 나를 떠올린다. 쉰 살, 여생의 나를 떠올린다. 어느 세월의 굽이에서 나는 마돈나의 이상을 버리고 소돔의 이상으로 몸과 마음이 바뀌었을까?

부모, 형제, 친인척, 이웃, 해와 달과 물과 불과 공기와 흙과 구름과 바람과 나무와 산과 강 그리고 바다와 논과 밭과 언덕과 길과 또 꽃, 벌레, 풀, 새, 돌과 집과 친구, 연인, 학교, 직장, 목욕탕, 모텔, 노래방, 복덕방, 책, 티브이, 영화, 컴퓨터, 핸드폰, 비행기, 기차, 전동차, 섬…… 우주 안에 편재하는 것들과의 관계가 오늘의 나를 만들었다.

훗날 내 이상의 추는 진자 속 마돈나와 소돔 사이 그 어디에서 멈춰 있을 것인가? 생각하면 두려운 일이다.

이 책의 제목 『집착으로부터의 도피』는 에리히 프롬의 저서 『자유로부터의 도피』에서 빌려온 것임을 밝힌다.

이 재 무

1.

계절과 시의 순간

겨울 산행

　겨울 산이 좋다. 일정한 간격을 두고 다녀가면서 자신들의 고유한 색깔을 입히는 사계 덕으로 산은 구별 없이 다 좋지만 굳이 이 가운데 하나를 택하라 한다면 나는 망설이지 않고 겨울 산을 꼽을 것이다. 일 년 중 산을 타는 횟수가 스무 번 안팎이지만 그 대부분이 겨울에 몰려 있는 것도 겨울 산이 좋기 때문이다. 하지만 겨울 산행은 다른 계절에 비해 더 수고롭고 힘든 게 사실이다. 그럼에도 겨울 산을 고집하는 데는 몇 가지 이유가 있어서이다.

　겨울 산은 고졸한 맛이 있어 좋다. 겨울 산은 멀리서 보면 한 폭의 수묵화 같다. 그 위에 낙관처럼 낮달이라도 뜬다면 그럴 수 없이 감동으로 다가온다. 또 겨울 산은 정직 투명하여서 멀리서도 살림의 세목들을 훤히 읽을 수 있다.

　직립의 나목들을 보면 피정에 든 중세의 수사나 동안거에 든 잿빛 승복의 스님들 같다. 그만큼 나목들의 표정은 엄숙하고 경건해 보인다. 견인하는 자세를 보여주는 나목들의 형상들에는 은근한 기품이 깃들어 있다. 생선 가시 같은 가지들은 삭풍에도 부러지지 않고 의연한데 그것은 허공이 든든하게 받쳐주고 있기 때문이다. 가지가 휘어지면 허공도 따라서 휘어진다. 나뭇가지와 허공, 저들 사이에 우리가 모르는 천지조화가 있는 것이다.

이파리가 무성할 때는 자신에게만 집중하느라 하늘조차 스스로 가려 발밑이 어둡던 나무들은 줄기와 가지로 바람을 견디는 나목이 되어서야 얼마만큼 이웃과 친구가 자신들로부터 멀어졌는지 알아차린다. 그래서 다른 계절의 나무들보다 겸손할 줄 안다. 간격을 아프게 확인하는 것이다. 그러면서 그 간격이 숲을 이루어왔음을 우리에게 보여준다.

산행하는 동안 운 좋게도 새들의 울음소리를 만나기도 한다. 새들은 추위를 쉽게 타지 않는다. 공중엔 편대를 이루며 나는 새들이 있는가 하면 덤불 속에서는 잡새들이 쉴 새 없이 댓글들을 달며 수다 삼매경에 빠져 있다. 한파 따위에 기죽지 않고 타고난 자신들의 분수를 맘껏 즐기는 미물들이, 사소한 생활의 추위가 두려워 온갖 고뇌에 찌든 얼굴을 하고는 호들갑을 떨어대는 인간들보다 위의라는 생각이 든다. 날씨가 차갑고 추울수록 새들의 음표는 더욱 높아지고 빨라진다. 공중을 통통 튀는 가락들! 과연 새들은 유랑의 부족답다. 추위를 저렇게 완구 삼아 가볍게 희롱하다니! 사람들은 소리가 날아가거나 흩어지는 줄은 알지만 소리도 물체처럼 쌓인다는 것을 모른다. 햇살이 고봉밥처럼 소복하게 쌓인 양지바른 산 중턱에는 새의 울음소리가 여기저기 무더기를 이루며 쌓여 있다. 봄이 오면 숲을 살찌울 거름이 되리라.

지상에 사람의 길이 있고 물속에 물고기의 길이 있고 깊은 산에 짐승의 길이 있듯 새의 길이 허공에 있다. 그 어떤 새도 계통 없이 마구잡이로 하늘을 날지 않는다. 새들도 길이 아니면 날지 않는다. 저 자유로운 새들의 비상에도 보이지 않는 질서가 있는 것이다. 방종과 자유가 다르다는 것을 새들을 통해 배운다.

산을 오르다가 아직 떠나지 못한 억새꽃을 만나기도 한다. 이 억새꽃들은 허공의 백지에 붓이 되어 일필휘지하기도 하고 또 어떤 때는 수천수만의 빗자루가 되어 허공 마당을 알뜰, 살뜰히 쓸어내기도 한다. 하늘이 이만큼이나마 투명한 것은 저들의 노고 때문이리라.

늦은 저녁 숲 속에 난 길을 걷다가 나는, 내가 내는 발자국 소리에 놀라 문득 걸음을 멈추고는 한다. 인기척이 있어 되돌아보면 길게 이어진 길이 부지런히 나를 따라오고 있고 골짜기엔 벌써 가득 들어찬 어둠이 찰랑찰랑 소리를 내고 있다. 저녁 산책은 이방의 종교처럼 낯설고 엄숙하여 혼자서도 꼭 옷깃을 여미고 걷는다.

한번은 어찌어찌 하다가 밤늦게 하산한 적이 있었는데 하늘이 출렁대며 크게 몸을 흔들어대자 그때마다 우수수 쏟아지는 별들을 얼마 남지 않은 계곡의 물줄기가 고스란히 받아내고 있는 것을 보았다. 이 모든 것이 겨울 산이기에 가능할 수 있다.

인간을 포함한 모든 동물 종이 그렇듯이 식물도 자손이 잘 자라서 부모의 유전자를 전할 수 있는 지역에 자손을 퍼뜨려야 한다. 그런데 어린 동물들은 걷거나 날아서 흩어질 수 있지만 식물은 그렇게 하지 못하므로 어떻게든 다른 매개를 통해 움직여야 한다. 그래서 일부 식물들은 바람에 날리거나 물에 뜨도록 적응한 씨앗들을 갖게 되었다. 또 많은 식물들은 씨앗을 맛 좋은 과육으로 감싸, 그 과육의 색깔이나 냄새로써 잘 익었다는 것을 알려 동물들이 자기 씨앗을 운반하도록 만드는 계략을 쓴다. 배고픈 동물은 그 과일을 따 먹고 다시 걷거나 날아가다가 부모 나무에게서 멀리 떨어진 곳에서 씨앗을 뱉어내거나 배설한다. 이 방법으로 씨앗은 수천 킬로미터나 멀리 운반될 수 있다.

식물이 동물을 유인하는 한 예로서 야생 딸기의 경우를 보자. 딸기 씨가 여물지 않아서 아직 땅에 심어질 준비가 안 되었을 때 종자를 둘러싸고 있는 과육은 파랗고 시고 단단하다. 그러다가 씨가 다 익으면 과육도 빨갛고 달고 연해진다. 이렇게 딸기의 색깔이 변하는 것은 결국 개똥지빠귀 같은 새들이 그 딸기를 따 먹고 날아가서 종자를 뱉어내거나 배설하도록 유인하는 신호인 것이다.

—제레드 다이아몬드의 저서 『총, 균, 쇠』 중에서

봄은 생산의 계절

늦은 밤이나 새벽에 숲 속에 들어가 나무들의 줄기에 귀를 대고 있으면 수액을 빨아올리는 소리가 우렁차다. 나무들 속 발동기가 힘차게 가동되고 있다는 증거다. 나무들은 벌써 그렇게 일 년 농사를 시작하는 것이다. 이제 곧 울퉁불퉁한 수피를 부드러운 햇살의 부리가 와서 톡, 톡, 톡 치고 가면 가지 밖으로 연초록 잎들은 태어나 병아리 같은 주둥이를 내밀어 하늘을 온통 파랗게 물들이며 재잘거릴 것이다. 봄의 '줄탁'이 아니고 무엇이랴. 또 다산성의 여인들(과일나무들)은 두근거리는 몸(가지)에 씨앗들을 잉태한 꽃을 피울 것이다.

이렇듯 봄은 즐거운 노동으로 분주한 계절이다. 이와 같은 자연의 활기찬 노동을 지켜보노라면 자연 나의 몸속으로도 맑고 뜨거운 피가 솟아오른다.

겨울 동안 파업 중이던 풀들이 녹색 공장을 가동했다는 소식이 들려오는 것도 이즈음이다. 몸속 발동기를 돌려대며 수액 퍼 올리랴, 잎 틔우랴, 초록 지피랴, 꽃불 피우랴 여념이 없는 그들의 노동으로 이제 곧 산야는 푸르게 살이 쪄갈 것이다. 그런데 이상하게도 그들은 사람과 달리 일할수록 더욱 얼굴빛이 환해진다고 한다.

온갖 초목들과 풀들이 이렇듯, 일 년 농사를 시작하고 또 자발적으로 노동을 즐기는 것은 무슨 연유에서일까. 『총, 균, 쇠』의 저자 제레

드 다이아몬드에 의하면 이들의 행위에는 나름의 목적이 있는데 그것은 바로 종족 보존 내지 번식과 관련이 있다는 것이다. 그러니까 수액을 퍼 올려 잎 틔우고 꽃 피워 열매를 맺는 일련의 과정은 자신의 유전자를 널리 퍼뜨리기 위한 행위에 다름 아니라는 것. 꽃들이 그토록 아름답고 관능적인 것도 씨앗을 잉태하기 위한 것이고 과육이 그토록 탐스럽게 익어가는 것도 씨앗을 땅에 퍼뜨려 종족을 유지 내지 번식하기 위해서라는 것이다.

대체적으로 열매들의 색깔이 고혹적인 데에는 이와 같은 종족 본능 욕구가 작용한 탓으로 볼 수 있다. 그러므로 이들의 관계는 현상적으로 볼 때는 포식자와 피식자 관계로 보이겠지만 이면적으로 들여다볼 때는 상생의 관계라 할 수 있다. 배고픈 새에게 나무는 새의 양식인 열매를 제공하고 새는 그 은혜로 나무의 종족 유지와 번식을 도와주는 셈이 된다.

이런 상생의 관계를 잘 보여주는 시편이 있다.

산비탈 가시덤불 속에 찔레 열매가 빨갛게 익어 있다
잡풀 우거진 가시덤불 속에 맺혀 있어서일까? 빛깔은 더 붉고 핏방울 돋듯 선명해 보인다
겨울 아침, 허공의 가지 끝에 매달린 까치밥처럼 눈에 선연해
눈이라도 내리면, 그 빛깔은 더욱 고혹적일 것이다
날카로운 가시들이 담장의 철조망처럼 얽혀 있는 찔레 덤불 속
손가락 하나 파고들 틈이 없을 것 같은 가시들 속에서 추위에 젖은 손들이 얹히는
대합실의 무쇠 난로처럼 익고 있는 것은
아마, 날개를 가진 새들을 위한 단장일 터
마치 馬齒의 입이 아닌, 부드러운 혀의 부리를 가진 새들을 기다리는 화장일 터
공중을 나는, 그 새들의 눈에 가장 잘 띄일 수 있도록
그 날개를 가진 새들만 다가올 수 있도록
열매의 차색 彩色을 운영해왔을 열매
영실 營實이라는 열매

새의 날개가 유목의 천막인 열매
새의 깃털이 꿈의 들것인 열매

얼마나 따뜻하고 포근했을까, 그 유목의 천막에 드는 일
새의 복부 腹部 속에 드는 일
남의 눈에는 영어 囹圄 같겠지만, 전락 같겠지만
누구의 배고픔 속에 깃들었다가 새롭게 싹을 얻는 일, 뿌리를 얻는 일
그렇게 새의 먹이가 되어, 뱃속에서 살은 다 내어주고 오직 단단한 씨 하나만 남겨
다시 한 생을 얻는 일, 그 천로역정을 위해
산비탈의 가시덤불 속에서 찔레 열매가 빨갛게 타고 있다
대합실이 무쇠 난로처럼 뜨겁게, 뜨겁게 익고 있다

―김신용, 시, 「영실」 전문

위 시편에 의하면 찔레 열매가 고혹적이었던 것은 새를 유혹하기 위해서였고 그 결과 새에게 먹힌 찔레 열매는 단단한 씨를 남겨 다시 한 생을 얻게 되었다는 것이다. 즉 배고픈 새는 먹이를 얻었고 찔레나무는, 열매의 살을 다 먹은 새가 단단한 씨만을 뱉어내어 종족을 보존하고 번식할 수 있게 된 것이다. 상생이 아니고 무엇이겠는가.

봄철이 다가오고 있다. 봄이 오면 이 땅에 편재한 온갖 생물들은 생육을 위한 활동으로 분주할 것이다. 그리고 이러한 생육의 번성은 지난한 과정을 거쳐 마침내 종족 보존 내지 번식으로 귀결될 것이다.

나는 봄날에 산행을 가서 일부러 수목들의 줄기 속에 귀를 대고 수액을 빨아올리는 소리를 듣는다. 귓속으로 흘러들어온 그 소리들이 내 몸속 기관들의 핏줄을 타고 흐르면서 탁한 피를 걸러줄 것만 같아서이다. 그러면 까닭 없이 내 몸은 푸른 기운으로 가득 차서 나도 수목들처럼 생육의 에너지가 흘러넘치게 되는 것이다.

다만 아쉬운 점은 난 이미 번식을 끝낸 나이를 산다는 것과 새와 열매의 관계처럼 나무와 나 사이에는 상생이 이루어질 수 없다는 점이다. 그저 나무들의 은혜만 받고 오는 셈이어서 면목이 서지 않을 뿐이니 이 어찌 애석치 아니하랴.

우산에 대하여

계속되는 장마에 몸이 젖고 마음도 젖는 나날들이다. 연일 양동이로 퍼붓듯 쏟아부어도 아열대성 기후로 바뀐 탓인지 습도가 높은 대기는 바람에 아주 인색하다. 불쾌지수가 높아져간다.

이런 기후 탓으로 배우자 없인 살아도 우산 없이는 살 수 없다는 말이 절로 나온다. 아침 출근길 우산을 챙기다 문득 우산이 귀한 시절이 떠올랐다. 그러면서 동시에 나도 모르게, "이슬비 내리는 이른 아침에/ 우산 셋이 나란히 걸어갑니다/ 빨간 우산 파란 우산 찢어진 우산/ 좁다란 학교 길에 우산 세 개가/ 이마를 마주 대며 걸어갑니다" 동요가 불쑥 입 밖으로 튀어나왔다. 요즘은 일부러 찾아도 찢어진 우산을 보기가 쉽지 않지만 그 시절엔 찢어진 우산도 없어서 비닐 포대나 토란잎 혹은 호박잎 등을 따서 우산 대용으로 쓰기도 했다.

유년의 여름 어느 날 하교 후 억수같이 퍼어대는 빗속을 뚫고 엄니가 우산을 챙겨 학교에 찾아왔다. 물론 우산은 하나뿐이었다. 학교에서 집까지 거리는 상거 십오 리. 그 길을 엄니와 나는 이런저런 이야기를 주고받으며 걸어왔다. 집에 당도했을 때 내 어깨는 멀쩡했지만 엄니의 한쪽 어깨는 물벼락을 맞은 듯 젖어 흥건했다. 엄니는 내게 더 많이 우산을 씌워주느라 당신의 어깨를 비에 내주었던 것이다. 엄니의 한쪽 어깨를 반복해서 아프게 물었다 뱉어냈을 비의 이빨들이 섬찟했다.

그날을 떠올리면 괜스레 콧등이 시큰해진다.

우산은 사랑의 증표다. 비가 와 어쩌다 한 우산을 같이 쓰고 갈 경우가 있을 때 누구의 어깨가 얼마나 더 많이 젖느냐를 가지고 서로 간 사랑의 기울기 혹은 비율을 잴 수 있기 때문이다.

하지만 이런 우산도 있다. 아래 시편 속 '우산'은 달라진 요즘 사랑의 세태나 풍속을 반영하고 있다. 레알 사전에 들 만한 진술이긴 하나 쓸쓸한 감회에 젖게 하는 것도 사실이다.

햇빛 쨍쨍한 날엔 내 앞에서 사라져줄래?

빗방울 듣는 날 가만히 감싸줄래?

나는 우산을 접어
삼단으로 착, 착, 접어
신발장 구석에 처박는다

슬쩍 버려도 될까 당신

— 손현숙, 시, 「애인」 전문

하일서정夏日抒情

여름 숲길엔 이 나무 저 나무에서 흘러나온 그늘이 합수하여 출렁거린다. 걷다가 마음의 조롱박으로 그늘을 퍼서 마시고 세안을 한다. 우람한 그늘의 등과 어깨에 기대거나 혹은 그늘을 홑이불로 끌어다 덮고 누워 내 생을 다녀간 이들에게 나는 과연 슬픔이었을까, 기쁨이었을까, 그늘이었을까를 떠올려본다. 또 서늘한 그늘 서너 바가지 푹 퍼서 등에 끼얹으며 이 생각 저 생각에 젖어본다. 이래저래 여름은 정서의 키가 웃자라는 계절이다. 그늘이 늘 풋풋하고 싱싱한 것은 날마다 새로이 태어나기 때문이다. 이른 새벽이나 아침에 태어난 그늘은 하루 종일 열심히 농사를 짓다가 밤과 더불어 어둠이 오면 한 점 미련도 없이 사라진다. 그러므로 그늘은 하루살이다. 나는 그런 그늘에게 생활하는 태도를 배운다. 그늘처럼 날마다 새로이 태어나는 삶을 살아야 한다. 죽음과 부활을 반복하는 그늘이 새삼 위대해 보인다.

여름은 부지런한 계절이다. 일 년 중, 해가 가장 많이 비추는 하지 즈음에는 밤꽃 내가 진동하고 호박, 오이 넝쿨이 기세 좋게 뻗어 나가고 생강 촉, 토란 싹이 올라오고 풋고추, 풋가지가 주렁주렁 열린다. 이렇게 분주한 여름에는 사람도 덩달아 바빠지기 마련이어서 감자를 캐야 하고 장마 뒤에 풀의 차지가 되지 않도록 미리미리 밭마다 김을 매주어야 한다. 비 올 때를 기다려 들깨 모를 내고 고구마순을 묻어야 한다.

또, 소서와 대서 때에는 보리를 베고 콩, 조, 팥, 기장을 심고 논밭 김매기, 논밭 두렁 잡초 베기, 퇴비 장만 등 농사꾼에게는 오줌 누고 그 것 털 새도 없이 바쁜 절기라 할 수 있다. 오죽하면 부지깽이도 농사일을 거든다 했겠는가.

여름은 고요가 단단해지는 계절이다. 여름 중에서도 고요의 힘이 가장 세지는 때는 빨랫줄 바지랑대 그림자의 키가 작아지는, 정오를 갓 지난 오후 한 시에서 두 시 사이이다. 이때에는 한동안 각축하듯 울어대던 매미도 울음을 뚝 그치고 바깥에서 연애질하느라 분주하던 누렁이들도 마루 밑으로 기어들어가 그늘을 깔고 누워 오수를 즐긴다. 마당, 텃밭, 들길, 산길, 논길, 밭길, 들판, 신작로 가릴 것 없이 숫돌 다녀온 왜낫처럼 날 선 햇살이 따갑게 내려, 꽂히는 바람에 사람의 경우도 축축한 생각은 금세 휘발되고 백치의 순간에 이르게 된다. 일체의 사고가 정지된 시간대에 고요만이 다 익은 살구씨처럼 단단해지는 것이다.

여름은 천렵의 계절이다. 천렵은 봄부터 가을까지 절기와 상관없이 즐길 수 있는 놀이이지만 그래도 수량이 풍부한 여름철에 해야 제맛이 난다. 탁족濯足과 함께하는 천렵은 그 자체로 하나의 피서법이 되기도 한다. 천렵에는 여러 방식이 있지만 그중 나는 된장을 풀어 잡는 법을 선호한다. 민물고기들은 된장을 좋아한다. 어릴 적 나는 민물새우 천렵을 즐겼다. 악동들과 함께 소쿠리에 된장 주머니를 달아 놓고 저수지 가생이에 담가놓고는 미역을 즐기다 해거름 출출해지면 소쿠리를 건져 올린다. 된장 주머니 둘레에 새까맣게 민물새우 떼가 매달려 있다. 그걸 주전자에 담는다. 제법 묵직하다. 집으로 돌아오는 길, 남의 집 담장 위 더운 땀 흘리는 앳된 애호박 푸른 웃음 꼭지 비틀어 딴 후 사립에 들어선다. 막 밭일 마치고 돌아와 뜰방에서 몸에 묻은 흙먼지를 면 수건으로 터는 엄니는, 한 손에 든 주전자와 또 한 손에 든 소쿠리 속 애호박을 번갈아 바라보다가 지청구 한마디를 빼지 않는다. "저런 호로 자식을 봤나? 간뎅이가 부어도 유만부동이지 남의 농사 집어오면 워찍한더냐, 워찍혀!" 그런데도 엄니의 얼굴 표정은 켜놓은 박 속 같다. 아들은 눈치가 빠르다. 다음 날도 또 다음 날도 서리는 계속된다. 된장 밝히다 죽은 새우는 애호박과 함께 된장국으로 끓여져 식구들 입맛을 돋우곤 하였다. 그런 날 밤 할머니 트림 소리는 냇둑 너머까지 들렸다. 논두렁을 기어 나온 개구리울음들이 뽕나무 가지마다에 주렁주렁 열렸고, 달은 우물 옆 팽나무 가지가 휘청하도록 크게 열렸다. 여름의 서정은 넓고 우묵하다.

십일월을 사랑하리
곡물이 떠난 전답과 배추가 떠난 텃밭과
과일이 떠난 과수원은 불쑥불쑥 늙어가리
산은 쇄골을 드러내고 강물은 여위어가리
마당가 지푸라기가 얼고 새벽 들판 살얼음에
별이 반짝이고 문득 추억처럼
첫눈이 찾아와 눈시울을 적시리
죄가 투명하게 비치고
영혼이 맑아지는 십일월을 나는 사랑하리

—「십일월」전문

11월의 가을 편지

달빛 화면에 자판을 두들겨대던 귀뚜라미도 탈고했는지 울음 그친 지 오래고, 그토록 빼곡하게 들어찼던 가을이 하나둘 산하를 빠져나가는 십일월은 이래저래 오는 것보다 가는 것들이 더 자주 눈에 밟혀 괜스레 마음 스산해지는 달입니다. 그늘이 고여 어두워지는 골짜기에서 갓 태어난 바람은 자신이 지난 자리에 소소하게 족적을 남깁니다. 맑고 시린 물이 산과 하늘을 품어 쉴 새 없이 흘러가는 계곡에 와서 나는 문장 연습을 하다 돌아오고는 합니다.

십일월은 의붓자식 같은 달입니다. 시월과 십이월 사이에 엉거주춤 낀 십일월엔 난방도 안 들어오고 선뜻 내복 입기도 애매해서 일 년 중 삼월과 함께 가장 춥게 밤을 보내야 하는 달입니다. 더러 가다 행사가 있기는 하지만 메인은 시월이나 십이월에 다 빼앗기고, 해도 그만 안 해도 그만인 허드레 행사나 치르게 되는 달입니다. 괄호 같은, 부록 같은, 본문의 각주 같은 달입니다. 산과 강에 깊게 쇄골이 드러나는 달입니다. 저녁 땅거미 혹은 어스름과 가장 잘 어울리는 달입니다.

물속 돌처럼 공기가 단단해지는 저녁 공원 벤치에 앉아 뿌리 근처로 내려앉는 이파리들을 긁어모아 부어오른 발등을 덮어봅니다. 지금쯤 시골 마을의, 과일과 곡식과 배추들이 떠난 과수원과 가을 들판과 텃밭들은 갑작스런 상실로 무럭무럭 늙어갈 것입니다. 바람결에 위태롭게 그네를 타던 홍자색 열매 하나가 자진하듯 가지를 떠나 보도블록 틈새로 얼굴을 뭉개고 있습니다. 명년에도 열매들은 움을 틔울 수가 없을 것입니다. 이제 그녀들은 수태와는 상관없는 삶을 살다 갈 뿐입니다. 돌이켜보니 생산이 없기는 나 또한 마찬가지여서 한여름 밤 수은등에 몰려든 날벌레들의 날갯짓처럼 붕, 붕, 붕, 시간의 낭비로 분주했을 뿐 진리에 닿지 않는 날들뿐이었습니다. 소용에 닿지 않는 무위의 나날들이 나를 더욱 지치게 하고 우울감에 젖게 합니다. 죄가 투명해지고 나는 마른손으로 까칠해진 얼굴을 몇 번이고 버릇처럼 쓸어봅니다.

단풍에 대해 생각해봅니다. 그녀들은 목 놓아 울려고 길고 긴 초록의 터널을 무심하게 걸어왔습니다. 붉은 추억으로 남은 여자들이 어깨 들썩이며 신명나게 울음의 잔치를 벌이고 있습니다. 눈치코치 보지 않고 안으로, 안으로 고이 쟁여온 울음의 꾸러미들을 꾸역꾸역 꺼내놓은 뒤 명태처럼 잘 마른 몸들을 또 한기 속으로 밀어 넣을 것입니다. 한 보름 그렇게 가을을 활활 울고 나면 닦아놓은 놋 주발인 양 하늘도 황홀하게 윤이 날 것입니다.

십일월은 억새꽃의 달이기도 합니다. 맑고 푸르고 높고 밝은 하늘을 푹 적셔서, 숯불 다리미가 다녀간 광목으로 팽팽하게 당겨져 있는 능선 일대에 한 획, 한 획 능란하게 일필휘지하는 수만 자루의 붓들이 있습니다. 그들은 아지랑이 어지러운 이른 봄부터 서리 내리는 늦가을까지 울퉁불퉁 맨발로 걸어온 한해살이를 그렇게 쓰고 있는 것입니다. 그런데 그렇게 쓰고 나면 바람이 와서 지우고 쓰고 나면 또 바람이 와서 지우고 있습니다. 참으로 천진하고도 무구한 놀이가 아닐 수 없습니다. 공중을 나는, 눈 밝은 새들이 따라 읽다가 때마침 마려운 똥으로 억새꽃들이 써대는 문장에 쉼표와 마침표를 찍기도 합니다. 만 권의 책을 읽고도 시끄러운 사람의 생애를 도리질 치며 거듭 부인하는, 하늘 아래 가장 두꺼운 책이 아닐 수 없습니다. 저온으로 몸이 추워지는 십일월 나는 영혼의 방에 주황빛 불을 켜두겠습니다.

울음의 진화

숫돌 다녀온 왜낫처럼 날 선 햇볕이 정수리를 따갑게 베는 듯하다가도 갑자기 하늘의 괄약근이 약해져 걸핏하면 폭우가 쏟아지는 계절인 여름을 대표하는 사물들에는 무엇, 무엇들이 있을까. 숲, 계곡, 바다, 강물, 장마, 태풍, 수박, 참외, 토마토, 개구리울음, 매미 울음, 그늘, 땡볕, 콩국수, 냉면, 냉커피, 화채, 아이스크림, 빙수, 우산, 부채, 에어컨, 선풍기 등등 이루 헤아릴 수 없이 많은 사물들을 떠올릴 수 있겠지만 누군가 그중 나에게 굳이 우선 순위를 매기라 한다면 나는 서슴없이 '매미 울음'을 맨 앞자리에 놓겠다. 특별한 이유는 없다.

'매미 울음'은 극성맞게 울어댈 때마다 그것이 극단으로 치닫는 문명 발달의 위기에 대한 반성과 성찰의 기제로 다가오고 있다는 점에서 관심과 주의를 끄는 사물이기 때문이다. 모처럼 휴일을 맞아 한가하게 낮잠이나 한숨 붙이려고 거실 바닥에 자릴 펴고 누웠는데 난데없이 열린 창문으로 쏟아져 들어오는 한 떼의 매미 울음으로 도통 잠을 이룰 수가 없다. 안면을 방해하는 저들을 어쩌면 좋을까. 하지만 뾰족한 수가 떠오르지 않는다. 어항의 오래된 물을 새 물로 씻어내듯이 소리는 소리로 몰아내는 수밖에 없다. 궁리 끝에 카세트 음악을 틀어놓고 잠을 청한다. 그러나 매미 울음은 어찌나 드세고 집요한지 감미로운 선율을 타고 넘어와 한사코 항의하듯 안면을 방해한다. 나는 매미의 소음이 몸에 귀찮게 달라붙는 검불이나 된다는 듯이 습관처럼 허공으로 손을 휘저어 떼어내려는 무위한 짓을 계속하다가 결국 잠을 포기하고야 만다.

저 금속성의 날카로운 울음들은 이제 더 이상 자연의 연주가 아니다. 어느 날부터인가 쥐도 새도 모르게 무형의 폭력으로 변해버린 소리들. 소리의 송곳에 찔리고 소리의 칼날로 베어져 마음의 맨살이 아플 지경이다. 저 무지막지한, 막무가내로 질러대는 소리들의 집단 시위와 농성은 대체 어디에서 비롯된 것인가. 이유는 간단하다. 저들의 종족 보존 본능이 저들의 소리를 저렇게 가파르게 만든 것이다.

종족 보존을 위해 낮밤을 가리지 않고 울어대는 저, 자연의 집단 시위와 농성을 물대포로 강제 해산시킬 수는 없는 일이다. 따지고 보면 저들 저 쇳소리들의 배경에는 인간 문명이 생산해온 엄청난 양의 소음이 자리하고 있다. 우리가 만들어온 소음이 저들의 울음을 강퍅하게 만들어온 것이다.

어찌 매미 울음만일까. 자기 완결을 향한 진화의 과정을 거듭하고 있는 생물과 무생물 가운데에는 인간 세계에 미래 재앙의 징조를 보이는 것들이 적지 않다. 가령 가을철에 피어야 할 코스모스가 절기를 앞질러 한여름에 핀다든가, 비록 일부이긴 하나 떠날 시기가 한참 지났는데도 남아 있는 이름뿐인 철새라든가 등등 생태 재앙의 전조를 보이는 것들이 하나둘씩 늘고 있는 것이다. 무생물도 예외가 아니다. 달라진 길을 보면 알 수 있다. 길도 빠른 속도로 진화하고 있다는 것을. 갈수록 반듯해지는 길 위로, 재규어, 크거, 바이퍼, 머스탱, 갤로퍼, 무소, 포니 등등의 맹수 이름을 가진 차들이 경쟁하듯 질주하고 있다. 굶주린 맹수들이 사람과 산짐승을 잡아먹기도 한다. 이렇게 해서 '로드킬'이란 말까지 생겨난 것이다.

해마다 야생 열매들의 껍질이 두꺼워지듯 매미 울음이 높고 가파르게 진화하고 있다. 내게서 달콤한 낮잠을 앗아간 저 괴성에 가까운 소음들을 나는 우리가 점점 더 위험 사회로 진입해가고 있다는 증표로 듣고 있는 중이다.

가을 단상

이 가을에 나는 과수원 과수들 가지마다에 탐스럽게 열린 과일들을 보면서 두 가지 생각에 젖게 되었다. 하나는 모든 생존하는 것들의 필연적 인연의 그물망에 관한 것, 그리고 다른 하나는 모든 살아 있는 것들의 종족 번식을 위한 고투에 관한 것이다.

붉은 열매들은 등불들 같다. 바라보는 이의 마음의 뜰을 환하게 밝히는 저 많은, 시월의 등불들은 대체 누가 다 켜놓은 것일까? 붉게 달아오른 둥근 얼굴들은 자부로 가득 찬 표정이다. 단맛 가득 품고 있다가 누군가의 입을 크게 웃게 만들 저 다디단 사랑이 과연 과수들의 의지와 다짐만으로 가능했을까? 늦봄 가지를 열고 나온 것들 중에서 매듭 많은 시간을 건너오는 동안 비와 비람 혹은 벌레와의 싸움에 져서 돌연사한 것들도 셀 수 없이 많았을 것이다. 곰곰 생각해보면 스스로 온전히 익는 것은 아무것도 없다. 저 환한, 잘 생긴 웃음들은 그러므로 나무의 고된 노동만으로 지어낸 것들이 아닌 것이다. 또한 한여름 자지러지게 울며 서럽던 벌레며, 열매 이전 연한 꽃 살 파고들던, 맑은 날 밤의 별빛이며, 지붕의 기왓장 녹이고 건천의 자갈 구워 먹고는 언덕을 오르며 땀 뻘뻘 흘리던 염천의 햇살과 걸핏하면 가지와 잎에 와서 희롱을 일삼던 바람과 비 온 뒤에야 붐비던 냇물 등속의 노고만도 아니다. 뿐만 아니라, 저들을 일등품으로 통통하게 살쳐 오르게 한 것은 농어민 후계자 김氏의 걸쭉한 땀방울만도 아니다. 저 혼자서 스스로 깊어진 생은 아무것도 없기 때문이다. 저 시월의 등불들이 오촉 밝기로 환하게 밤을 밝힐 수 있게 된 것은 인드라망, 즉 위에 열거한 모든 것들을 포함한 우주 안에 미만한 사물들의 적극적인 개입에 의해 이루어진 것이다.

진실이 이러하니, 우리 사람도 시월이면 더러 마음의 심지에 불을 밝히고 사립 나서 하늘과 땅, 먼 산과 들녘을 그윽하게 바라볼 줄 알아야 하겠다. 더불어 공연히 숙연해져서는 무엇이고 눈 닿는 것에 머리 조아린 채 두 손 맞잡을 줄도 알아야 하겠다. 저 보기 좋게 잘 익은 둥근 지혜들을 잘 헤아려 다녀갔거나, 함께 걷고 있거나, 다가올 인연들에게 부디 옷깃 여밀 줄 알아야겠다.

많은 식물들은 씨앗을 맛 좋은 과육으로 감싸, 그 과육의 색깔이나 냄새로써 잘 익었다는 것을 알려 동물들이 자기 씨앗을 운반하도록 만드는 계략을 쓴다. 배고픈 동물은 그 과일을 따 먹고 다시 걷거나 날아가다가 부모 나무에게서 멀리 떨어진 곳에서 씨앗을 뱉어내거나 배설한다. 이 방법으로 씨앗은 수천 킬로미터나 멀리 운반할 수 있다.

식물이 동물을 유인하는 한 예로서 야생 딸기의 경우를 보자. 딸기 씨가 여물지 않아서 아직 땅에 심어질 준비가 안 되었을 때 종자를 둘러싸고 있는 과육은 파랗고 시고 단단하다. 그러다가 씨가 다 익으면 과육도 빨갛고 달고 연해진다. 이렇게 딸기의 색깔이 변하는 것은 결국 개똥지빠귀 같은 새들이 그 딸기를 먹고 날아가서 종자를 뱉어내거나 배설하도록 유인하는 신호가 되는 것이다.

—제레드 다이아몬드 『총, 균, 쇠』 중에서

딸기의 경우와 마찬가지로 가을 열매들의 고혹적인 자태들도 종국 엔 종족 번식과 관련이 있다. 『총, 균, 쇠』의 저자에 의하면 과육이 그 토록 탐스럽게 익어가는 것은 씨앗을 땅에 퍼뜨려 종족을 유지 내지 번식하기 위해서라는 것이다.

이렇게 본다면 자연 식물계에는 본래 포식자와 피식자의 관계란 없는 것이다. 인간만이 자연의 질서와 법칙에서 벗어난 예외적 존재 라는 것을, 다시 한 번 이 가을 저 붉은 열매들은 내게 묵언으로 전 하고 있다.

내 생애 불을 지르는 방화범

초록과 꽃의 계절이 돌아왔다. 겨울 동안의 파업을 끝낸 나무와 풀들이 녹색 공장을 가동하기 시작했다고 한다. 땅의 지붕을 열고 연초록들이 앳된 얼굴을 내밀고 있다. 이제 곧 햇살의 부리가 '봄의 줄탁'처럼, 이 나무 저 나무의 수피를 쪼아댈 때마다 부화하는 새끼들같이 꽃들이 가지 밖으로 환하게 얼굴 내밀어 허공을 향해 아장아장 걸음을 옮길 것이다. 그리하여 봄밤은 새로이 태어난 생명들의 지저귀는 소리로 붐빌 것이다. 냇가에 돌이 놓이게 될 때 흐르는 물이 물러났다 잽싸게 몰려들듯이 한 가지에서 이파리와 꽃이 필 때 공중의 산재한 공기들은 빠르게 흩어졌다 몰려들 것이다. 봄철의 공중에는 자주 주름이 생겼다 펴지곤 할 것이다.

나는 갓 탄생한 초록과 꽃을 불로 바라볼 것이다. 들판에 번지는 초록 불, 이 산 저 산에 피어오르는 꽃불. 바야흐로 봄은 무르익어서 초록, 하양, 빨강, 노랑 등 색색의 불들이 연기도 냄새도 없이 타올라 온 산야를 색의 제국으로 물들일 것이다. 여기에 봄비라도 다녀가면 기름을 부은 듯 불길은 더욱 거세게 타오르리라. 초록 융단이 펼쳐지고 꽃불이 장엄하게 타오르니 상춘객들 가슴이 어찌 설레지 않을 수 있겠는가. 까닭 없이 들뜨는 마음을 달래려 사립을 나서는 이들이 한둘이 아닐 것이다.

이 산 저 산 그 누가 있어
저토록 눈부시도록 환한 불꽃 피워놓았나
온 산 불붙어 활활 타오르고 있다
한 오라기 연기도 없이
매캐한 내음도 없이
순연한 빛깔로 타오르는
봄의 산이여 장엄하구나
순수여, 정염이여, 마침내 무념무상이여,

—「방화범」부분

화창한 봄날 풋풋하고 싱싱한, 공장에서 출하한 스프링처럼 통통 튀는 탄력의 햇살이 눈이 부신 날은 까닭 없이 탈주에의 욕망으로 몸이 뜨거워진다. 확실히 봄은 위험한, 스프링의 계절이다. 모든 살아 있는 것들은 몸속에 스프링을 지니고 있다. 만발하는 꽃들도 줄기와 가지 속의 샘물이 피운 것이다. 갓 태어난 스프링이 뿜어내는 탄력은 얼마나 눈이 부신가. 내게도 누르는 힘이 크면 클수록 되받아 솟구쳐 오르는 쾌감으로 무거운 세상을 경쾌하게 들어 올렸던 시절이 있었다. 그러나 영원한 반동을 사는 스프링은 없다. 언젠가는 탄력의 숨을 놓아야 한다. 이순을 코앞에 둔 나이에 이르니 반동과 탄력을 잃어가는 스프링에 대해 스스로 연민을 느끼게 된다. 이에 반비례하여 탈주에의 욕망이 커지는 것은 고사 직전의 소나무가 열매를 많이 맺는 것처럼 본능적인 차원에서 생각하면 이해 못 할 바는 아니나 당혹스러운 것도 사실이다. 환장하게 빛나는 햇살은 나를 꼬드긴다. 어깨에 둘러맨 가방을 그만 내려놓고 오는 차 아무거나 잡아타라고 한다. 도화지처럼 푸르고 하얗고 높은 하늘이 나를 충동질한다. 멀쩡한 아내를 버리고 젊은 새 여자 얻어 살림을 차려보라고 한다. 지갑 속 명함을 버리라고 한다. 하지만 아무리 봄이 나를 충동질하고 부채질해도 이러한 내적 자아의 일탈 욕망이 찍어 누르는, 일상적 자아의 힘을 이겨내기는 어렵다. 곧 진압되어 찻잔 속 태풍으로 끝나고 만다.

나는 평생 탈주를 꿈꾸었으나 실행에 옮기지 못했다. 앞으로도 그럴 것이다. 올 봄에는 신이 자연의 타자기를 두들겨 지어낸 시문이나 실컷 탐독하여야겠다. 신의 신작들. 산과 들의 지면을 가득 채운, 갓 태어난 순록의 문장들은 읽을 때마다 새로운 뜻으로 다가오리라. '존재자들(자연 사물들)을 통해 존재(신)를 구현하는 것이 시'라고 말한 철학자 하이데거의 말처럼 그것들(자연 사물들)은 신의 문자이기 때문이다. 다가오는 사월에는 시골 오일장에나 한번 들려야겠다. 노점 좌판 수북하게 쏟아져 나온 연초록 장정의 신간들이나 실컷 읽어보고 싶다. 햇봄이 햇살과 구름과 바람을 펜으로 토지土紙에 번갈아, 공들여 써온 한 끼니 양식들을 사들고 와야겠다.

생의 매 순간이 결실이다

바야흐로 결실의 계절이다. 과수에서는 과일들이, 논밭에서는 곡식들이, 산야에서는 야생 열매들이 한 해의 절정을 향해 가쁘게 숨을 몰아쉬고 있다. 대자연의 향연이자 축제의 한마당이 아닐 수 없다. 또한 가을은 마감의 계절이기도 하다. 대작 탈고를 목전에 둔 작가의 손놀림처럼 풍경의 완성을 위해 햇살 키보드를 두들겨대는 조물주의 손톱 밑이 파랗게 멍이 들었다. 탐스럽게 익어가는 산과 들의 둥근 글자들! 이제 곧 가을의 서사가 굽이치는 장강처럼 장엄하게 열리면, 구차한 일상을 벗고 깨끗한 일탈로 갈아입은 사람들이 서정의 다채로운 문체로 두꺼워진 큰 책(자연 풍광)의 페이지 속을 수시로 넘나들며 영혼의 온도를 높여가리라.

해마다 이맘때면 불쑥, 버릇처럼 떠오르는 시가 있다.

주여, 때가 왔습니다. 지난여름은 참으로 위대했습니다.
당신의 그림자를 해시계 위에 얹으시고
들녘엔 바람을 풀어놓아 주소서.
마지막 과일들이 무르익도록 명해주소서.
이틀만 더 남국의 날을 베푸소서.
과일들의 완성을 재촉하시고, 독한 포도주에는
마지막 단맛이 스미게 하소서.

— 라이너 마리아 릴케의 시, 「가을날」 중에서

위 시편 구절에서 암시한 것처럼 가을의 하룻볕은 황금처럼 값지다. 볕이 다녀가는 매 순간마다 과일들의 당도는 높아지고 알곡들은 더욱 단단해질 것이기 때문이다.

감나무 가지마다 주렁주렁 열린 홍시들을 바라다본다. 저 붉은 생들은 떫은 땡감의 시절을 살아왔기에 오늘 혀를 당기는 단맛을 그득 품을 수 있었다. 만약 여름날 땡감이 땡감답지 않게 떫지 않았다면 그 감들은 강한 비바람을 이겨내지 못했을 것이고 벌써 벌레들의 먹이가 되어 사라졌을 것이다. 땡감은 자신의 정체성인 떫은맛으로 여름이 주는 가혹한 시련들을 이겨냈기에 가을의 승자로 남을 수 있게 된 것이다.

초록이 지쳐 단풍든 것들을 바라다본다. 저 강렬한 홍엽紅葉들은 문장 끝에 찍힌 마침표 같기도 하고 느낌표 같기도 하다. 저 붉게 익은 둥근 생들 또한, 초봄 가지 밖으로 얼굴을 내민 이후 허공을 향해 아장아장 걷던 아기 이파리에서 청년, 중년의 녹엽 시절을 거쳐 여기 노년의 붉음에까지 이르는 동안 온갖 우여곡절과 파란만장과 凹凸의 긴 시간을 견뎌낼 수 있었기에 저렇듯 누구나 그 앞에서 찬탄하는 완성의 미학을 자랑처럼 우리 앞에 드러낼 수 있게 되었다. 한 가지에서 나서 자란 것들 중 얼마나 많은 것들이 시간의 강을 미처 다 건너지 못하고 이런저런 사유로 비명도 없이 가지를 떠났을 것인가. 그러므로 저 마침표들과 느낌표들은 아주 건실하게 자신들의 생을 살아온 것이라고 할 수 있다. 결실의 기쁨이란 바로 이런 것이 아니겠는가. 지난한 과정을 거쳐 마침내 최고의 절정을 보여주는 것.

자연은 비유의 아버지이다. 사는 동안 우리는 자연에게서 많은 지혜를 얻고 구할 수 있기 때문이다. 대다수 사람들은 현재의 성과에만 주목하려는 경향이 있다. 탐스럽게 열린 과일들, 단단하게 익은 알곡들, 선혈처럼 붉은 단풍들의 어제는 안중에 없고 오로지 현재에만 이목을 집중한다. 그것들이 어떤 과정과 단계와 수순을 밟아왔는지에 대하여 도통 관심이 없는 것이다. 과정이 없는 결과가 어디 있겠는가. 매 순간 성실하고도 근면하게 보폭을 옮겨온 그들이었기에 오늘의 마침표와 느낌표를 만인에게 자랑처럼 내보일 수 있게 되었다는 것을 인지할 필요가 있다(물론 보여주는 것은 그들의 의지와는 하등 상관없는 일이지만).

결실에 대한 통념을 버릴 때가 되었다. 결실을, 사람들은 하나의 과정으로 보지 않고 결과 그 자체로만 생각하는 경향이 있다. 하지만 결실은 맺음말이거나 마감이 아니다. 생의 전체적인 국면에서 생각할 때 결실 또한 과정의 하나일 뿐이다. 매 순간 거듭되어온 결실의 연쇄가 오늘 현재의 내 모습인 것이다. 요컨대 우리는 매일매일의 결실을 살아가고 있다. 하나의 과정이 하나의 결실이라는 등식 속에서 우리는 살아가고 있는 셈이다. 그러므로 말의 온전한 의미에서 결실은 마침표이거나 느낌표가 아니다. 사물들이 보여주는 둥근 형상에만 주목한다면 그것은 마침표이거나 느낌표로 보일 수도 있겠으나 의미 차원에서 본다면 그것은 쉼표에 더 가깝다. 나는 과정의 한 순간 한 순간을 결실로 이해하고자 한다. 한 순간, 한 순간을 결실로 살아갈 때만이 참으로 큰 결실에 이를 수 있다고 보기 때문이다.

어제 그렇게 살아왔듯이 오늘 하루도 의미가 있고, 가치가 있게 보낸 사람은 하루만큼의 결실을 맺은 사람이다. 내일은 또 내일의 하루를 값지게 살아서 알차게 하루만큼의 결실을 맺을 일이다. 이렇게 우리는 매 순간 결실의 나날을 살아가야 한다. 하루하루를 미리 설정한 목표 달성을 위한 도구나 수단으로 삼지 말아야 한다. 그런 삶은 우리를 쉽게 지치게 한다. 목표가 삶을 예속하기 때문이다. 우리는 시간의 주인이 되어 삶을 주체적으로 경영할 필요가 있다. 그러려면 나날의 일상에서 결실을 이루는 삶을 살아야 한다. 미래를 위해 현재를 학대하거나 죽여서는 안 된다. 현재를 아끼고 사랑해주어야 한다. 미래의 목표 달성을 위한 수단으로서의 하루가 아닌 오늘 당장의 하루가 오늘의 목표가 되고 결실이 되는 삶을 살아야 한다. 과일들이, 곡식들이, 이파리들이 그러자는 약속도 없이 매 순간을 결실로 삼는 삶을 살아왔듯이 혹은, 한 문장 한 문장의 결실이 모여 하나의 위대한 고전을 탄생시키듯. 그리하여 오늘 하루 결실을 이룬 자는 충분히 아름답다. 그렇게 결실을 살아낸 자는 결실을 위해 노고를 아끼지 않은 본인에게 스스로 칭찬하고 스스로 상도 내릴 줄 알아야 한다. 죽음이 와서 마침표나 느낌표를 찍을 때까지 우리는 결실이 알차게 열리는 하루, 하루를 성실하게 살아가야만 한다. 그렇게만 살아갈 수 있다면 세상에 이처럼 큰 보물은 없을 것이다.

가을은 종착이 아니라 새로운 결실을 위한 출발의 계절이다. 배추가 떠난 텃밭, 과일들이 떠난 과수원, 곡식들이 떠난 전답, 단풍들이 떠난 낙목들은 이별 뒤의 새로운 만남 즉 명년의 농사를 위해 벌써 바지런히 몸을 놀리고 있다. 그들의 활동하는 에너지를, 부디 육안으로만 판별하려 들지 말 일이다. 올 가을과 다가올 겨울을 근면하게 살아내지 못한 것들은 명년 봄을 가난하게 맞을 것이다.

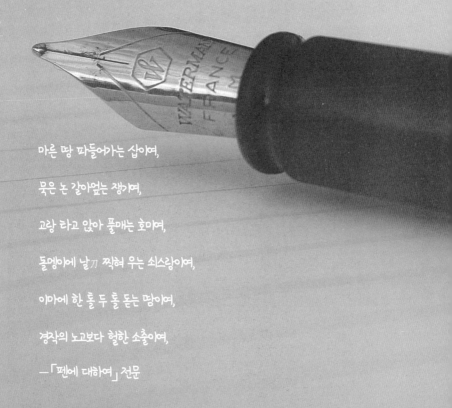

마른 땅 파들어가는 삽이여,

묵은 논 갈아엎는 쟁기여,

고랑 타고 앉아 풀매는 호미여,

돌멩이에 날끼 찍혀 우는 쇠스랑이여,

이마에 한 톨 두 톨 돋는 땀이여,

경작의 노고보다 헐한 소출이여,

—「펜에 대하여」 전문

만년필에 대하여

내게는 아주 오래된 만년필 한 자루가 있다. 지금으로부터 삼십여 년 전 문단 말석에 초라하게나마 부끄러운 이름을 가까스로 등재한 그 해에 한 지인으로부터 받은 선물이다. 당시만 해도 독일제 몽블랑은 비교적 고가에 속하는 것으로서 매우 귀한 거였다. 그는 내게 만년필을 건네며 '思無邪'의 정신으로 시를 써주기를 바랬다. 한동안 나는 이 만년필을 내 분신처럼 여기며 글쓰기의 도구로 애용해왔다. 지금이야 원고지와 필기도구 대신 키보드 앞에 앉아 떠오르는 생각을 자판에 두들겨대는 것으로 글쓰기를 대신하고 있지만 그때만 해도 글쓰기 하면 으레 필기도구를 사용하여 원고지 칸에 한 글자 한 글자 들어앉히는 것을 당연한 것으로 알았다. '글은 머리에서 나오는 것이 아니라 손끝에서 나온다.'라는 말이 나온 것도 이런 배경과 무관치 않았다.

처음 문학에 입문하던 청춘의 시절 글쓰기는 목숨을 거는 일에 비견할 만했는데. 시대적 분위기 탓도 없지 않았다. 말의 온전한 의미 그대로 삿된 생각을, 아무런 자의식 없이 토로해서는 안 된다는, 순결에 대한 강박관념에 휘둘려 쓰는 글마다 지나치게 무거웠고 지나치게 진지했다. 나는 매번 글을 쓸 때마다 예의 만년필을 꺼내 종교의식을 거행하는 사제처럼 엄숙한 태도로 원고지를 채워나가곤 하였다. 만년필촉에서 흘러나오는 잉크 방울을 내 사유의 핏방울이라 여겼다. 그러니까 나는 원고지 칸칸마다 거창하게 시대와 현실에 대한 아픔과 고뇌의 핏방울을 적셔나가는 것만이 글쓰기의 온당한 태도라 여겼던 것이다. 그런 이유로 만년필을 손에 쥐는 순간 까닭 없이 엄숙하고 진지해졌다.

또한 내게 만년필은 농사짓는 이의 연장이기도 했다. 그것은 "마른 땅 파들어 가는 삽"이자 "묵은 논 갈아엎는 쟁기"이기도 했으며, "고랑 타고 앉아 풀매는 호미"이자, "돌멩이에 날끼 찍혀 우는 쇠스랑"이기도 했던 것이다. 그러나 언제나 "경작의 노고보다 헐한 소출"만을 안겨왔던 글쓰기는 곧잘 나를 절망의 나락으로 떨어뜨리고는 하였다.

이십 대에 쓴 시편을 비롯하여 여러 산문들이 하나같이 지나치게 비장하고 엄숙하고 까닭 없이 무겁고 진지하고 어둡고 칙칙했던 것은 필자인 내가 단순한 필기도구였을 뿐인 만년필에 과장된 의미와 가치를 부여했기 때문에 생겨난 당연한 결과였다.

만년필은 글쓰기뿐만 아니라 점차 내 생활 영역에까지 자신의 지배력을 뻗어오기 시작하였다. 자신이 흘린 핏방울을 현실 세계에서도 잊지 않고 살기를 바랐고 또 실천하기를 강요하기에 이르렀던 것이다. 아니 목소리에 과장을 실어 말하면 어쩌면 만년필은 의식 너머 무의식의 안방까지 손을 뻗어 내 모든 행위와 의식을 지배하려 했는지 모를 일이었다. 요컨대 나는 만년필의 강박관념에 갇혀 살게 되었던 것이다. 나는 점차, 만년필이 두려워지기 시작하였다. 만년필을 멀리하는 시간이 늘어났다. 되도록 만년필이 눈에 띄지 않도록 그를 서랍 속에 처박아두거나 장롱 속 문갑 안에 넣어두기도 했다.

내가 한동안 글쓰기의 슬럼프에 빠진 것은 이런 사정 때문이었다.

얼마간의 시간을 보낸 후 나는 만년필 대신에 다른 필기도구로 글을 쓰기 시작하였다. 만년필로부터의 도피를 감행하였던 것이다. 나는 만년필 대신 모나미 볼펜을 손에 쥐고 글을 써나갔다. 그러나 관성이란 얼마나 끈질기고 집요한 것인가. 볼펜을 쥐었지만 여전히 만년필의 강박으로부터 자유로울 수가 없었다. 수없이 많은 시행착오 끝에 나는 만년필의 관성으로부터 가까스로 벗어날 수 있었다. 내 글에 유연성이 생겨나기 시작하였다. 확실히 볼펜은 만년필보다 가볍고 경쾌한 도구였다. 숨통이 트이는 것 같았다. 볼펜을 사용하면서 자연 사유의 영토가 넓어지고 글의 양도 늘어나기 시작하였다. 볼펜은 만년필에 비해 확실히 속도감이 있었다. 나는 청탁을 마다하지 않았다. 볼펜으로 생활을 위한 글을 써나가기 시작하였다. 볼펜은 내 정신을 억압하지 않았다. 볼펜은 내게 만년필보다 훨씬 더 많은 수익금을 안겨다 주었다. 하지만 얼마간의 시간이 지나자 볼펜은 나 자신을 속이기 시작하였다. 글쓰기에 '사邪'가 끼어들기 시작하였던 것이다. 볼펜은 자꾸 내게 일탈을 부추기고 불순한 충동을 부채질하였다. 어느 날부터 나는 볼펜이 징그럽기 시작하였다. 글을 쓰다가 볼펜을 내던지는 날이 늘어만 갔다. 급기야 볼펜은 내 영혼을 갉아먹기 시작하였다. 또한 번의 글쓰기의 위기가 찾아온 셈이었다. 나는 볼펜을 없애고 스스로 절필을 선언하였다. 세상과의 단절을 감행한 것이다.

그렇게 오랫동안 글쓰기를 중단하고 생업에만 열중하던 어느 날 생활 속으로 불쑥 컴퓨터가 들어오고 자판이 들어왔다. 자판은 볼펜에 비하면 과히 첨단의 도구였다. 뜻 없이 컴퓨터 앞에 앉아 있는 날이 많아졌다. 자연스레 자판을 두들기게 되었다. 버릇이란 얼마나 무섭도록 편리한 것인지 이제는 자판을 두들겨대야만 사유가 생겨나고 글쓰기가 가능해지게 되었다. 물론 자판은 볼펜보다 더 자주 나를 굴절시키고 과장하고 속였지만 이제 나는 그런 것에 개의치 않게 되었다. 아아, 어느새 말기 당뇨 환자처럼 나도 고통을 지각하지 못한 영혼의 불치 환자가 되어버린 것이다.

늦은 밤, 만년필이 서랍을 열고 나와 조근조근 내게 말을 걸어오는 때가 있다. 내가 나로부터 얼마나 멀리 걸어왔는지 만년필은 경각심을 일깨워주고 싶은 것이다. 하지만 예전처럼 호통치며 나를 크게 닦달해대거나 나무라지는 않는다. 그러기엔 내가 이미 너무 늦었다는 것을, 다시 말해 오래된 기계처럼 고집 센 중늙은이가 되었다는 것을 그도 잘 알기 때문이다. 만년필이 들려주는 이야기는 약처럼 쓰지만 정신에 유용하다는 것을 나는 잘 알고 있다. 그의 말을 경청하는 날이 조금씩 늘고 있다. 그러나 분명히 말하건대 그렇다고 해서 예전으로 돌아가 만년필로 글을 쓰는 일은 없을 것이다.

겨울밤에 울려 퍼지던 다듬이 소리가 그립다. ···(생략)··· 장단 완급의 소리가 키 작은 담장을 넘어 마을의 고샅길을 나선다. 이웃집 아줌마, 윗말 사는 당숙모 다듬이 소리도 사립을 빠져나오고 있다. 소리들이 깍지를 끼고 소리들이 어깨동무를 하고 소리들이 팔짱을 낀다. ···(생략)··· 달빛은 하얗게 눈밭에 그렁그렁 스민다. 컹컹컹 짖는 개 소리가 부엉부엉 우는 부엉이 울음도 다듬이 소리들이 세운 울타리를 넘지 못한다.

　　　　　　　　　　　　　　　　　　　　　—이상, 「다듬이 소리」 부분

다듬이 소리

어머니를 떠올리면 자연 함께 떠올려지는 다듬이 소리. 나는 이 소리를 평생 잊지 못하고 살 것이다. 지금도 그 소리에 묻혀오는 어머니의 숨결과 체온이 손에 잡힐 듯 고스란히 느껴져온다.

다듬이 소리의 발원지는 언제나 윗말이었다. 윗말을 빠져나온 다듬이 소리는 득달같이 샛둑을 넘어와 아랫마을 다듬이 소리를 채근하여 불러내어서는 소리의 바통을 넘겨주었고 바통을 이어받은 아랫마을 다듬이 소리는 뒷산 허리를 비껴 돌아 이웃 마을 키 작은 담장들을 타넘고 들어가 또 다른 소리의 주자들에게 바통을 넘겨주었다. 다듬이 소리의 경주가 일반 릴레이와 다른 점이 있다면 다듬이 소리의 선수들은 바통을 넘겨주고도 계속해서 소리 달리기를 멈추지 않았다는 점이다. 그렇게 해서 이 마을 저 마을에서 들려오는 고저장단의 화음이 밤하늘을 반짝반짝 수놓게 되는 것이었다. 간간히 밤바람 소리와 부엉이 울음소리가, 소리들이 무명 직물로 짠 스크럼의 틈을 노려보지만 소리의 결들이 어찌나 촘촘한지 번번이 실패하고야 만다.

그러나 자정이 지나면서부터는 여름 저녁 무논에서 들끓던 개구리 울음 같던 다듬이 소리도 시나브로 한풀씩 꺾여 숨이 끊어져갔는데 그러다 완전히 소리의 숨통이 끊겼을 때 찾아오던 그 깊이 모를 정적감은 가히 적막의 심연이 아닐 수 없었다.

그런데 다듬이 소리에 가만히 귀 기울이다 보면 그 소리의 마디와 가락에는 소리 임자들의 각기 다른 생의 감정과 사연들이 다양한 무늬들로 물들어 있음을 알게 되는데 그것을 인지했을 때의 즐거움과 고통이 컸다.

소리의 주체들은 단순히 의식주라는 현실 생활의 방편만을 위해 쾌락과 고통을 연주한 것만은 아니었다. 다듬이질의 단순 반복의 동작과 리듬 속에 그녀들 각자의 삶의 세목과 나날의 세계를 담아냈으며, 서로서로 그 두드림의 행위를 통해 저마다의 애환과 형편과 곡절 등을 속속들이 동정하고 이해하고 소통하였던 것이다. 요컨대 다듬이 소리는 소리 주체들인 어머니들의 유일무이한 음악이었고 사색의 수단이었고 나아가 타자와의 무의식적 교감의 매체였다.

이러한 까닭으로 내게 있어 다듬이 소리는, 하이데거식 표현을 빌려 말하면 비록 지금에 와서 그 자취가 사라졌을지언정 여전히 심장에 남아 그날의 '존재'를 거듭 떠올려 다시 살게 하는 '존재자'인 셈이다. 그러나 이제 다듬이 소리는 사람들의 기억에서 지워진, 아득한 과거의 유물이 되어버렸다. 기술의 최첨단 시대를 사는 이들에게 다듬이 소리란 한낱 옛 향수의 장식품에 지나지 않게 된 것이다. 상황이 이러할진대 나는, 왜 아직도, 감정의 가뭄을 겪을 때마다 구습을 벗지 못하고 뜬금없이 시대의 지진아처럼 예전의 소리가 간절해지는 것일까? 그것은 다듬이 소리에는 오늘날 그 어떤 현란하고 고급스런 음계로도 담을 수 없는 어머니들만의 공동체적인 삶과 아우라, 이웃의 아픔과 고통을 내 처지로 알아 이해하며 공유하고자 했던 덕성, 당장 이루어지지 않는다 해도 인내하는 끈질긴 기다림 등의 덕목들이 소리의 살 속에 들어 있기 때문일 것이다. 그러므로 다듬이 소리는 떠올리는 것만으로도 내 몸에 정서적 충전의 플러그를 꽂는 셈이 되는 것이다.

암말 같은 여자가 보고 싶다
브라 벗고 맨가슴 내밀어
활기차게 걷는 도발을 보여다오
걸을 때마다 샘물 솟는
젖살은 얼마나 고혹적인가
칭얼대는 아이
젖 물려 달래는 모성이여
브라 속 굴욕,
가짜 교양 남근의 시선 따위
벗어버려라, 상술에 속지 마라,
비 다녀간 여름의 야자수처럼
싱싱하고 푸른 노브라
발랄, 생동하는 거리를 위해
여인이여, 다산의 풍요
물컹, 봉긋한 자랑을 보여다오

—「노브라를 위하여」 전문

고정관념은 진실을 잠식한다

내가 어렸을 때만 해도 젊은 어머니들은 동네 사람들 앞에서 버젓이 웃통을 드러내놓고 아이에게 젖을 먹이곤 했다. 흔한 풍경이었고 하등 이상한 일이 아니었다.

브라자 착용이 여성 건강에 좋지 않다는 말을 들은 적이 있다. 한 침대에서 부부가 함께 자는 것도 건강에 안 좋다는 글을 읽은 적이 있다. 그러나 일반 여성들은 브라자 착용을 너무나 당연시하고 부부들은 한 침대에서 자지 않는 것을 외려 이상하게 생각한다. 자신들의 행위에 대해 전혀 의심하거나 회의하지 않는다. 하지만 여성들은 브라자를 꼭 착용해야만 하고 부부는 굳이 건강을 해치면서까지 한 침대만을 고집해야 하는가?

고정관념이란 무서운 것이다. 나날을 자의식 없이 기계적 관성으로 살아가는 데 익숙해 있는 사람들은 이 자동화된 의식이 진실을 은폐하거나 잠식한다는 것을 인지하지 못하고 있다.

가령 대나무에 대해서 생각해보자. 통념의 차원에서 볼 때 대나무는 사군자 가운데 하나로 '절조'를 표상한다. 그러나 과연 그런가? 사실 대나무는 새 한 마리의 무게로도 휘청한다. 또 폭설이라도 내리게 되면 온몸이 땅에 가닿을 정도로 휘어진다. 흔히 대쪽이라는 말을 쓰지만 이것은 죽은 나무의 경우에 해당되는 말이다. 살아 있는 대나무에게 대쪽이라는 말을 쓸 수는 없다. 요컨대 대나무는 통념을 버리고 바라봤을 때 결코 강한 나무가 아닌 것이다. 다만 탄력성이 좋아 새가 떠나거나 눈이 녹으면 제 위치로 돌아갈 수 있다.

폐사지廢寺址에 대해서도 생각해보자. 기록은 전하지만 터만 남아 있는 사찰을 일러 폐사지라 한다. 현재 전국적으로 산재한 폐사지는 대략 2천5백 개라 한다. 고정관념을 버리고 폐사지를 보면 폐사지는 폐사지가 아니다. 폐사지는 비로소 절로 돌아간 것이기 때문이다. 인위를 버리고 본래의 자연으로 돌아간 절이야말로 말의 진정한 의미에서 진짜 절이 아니겠는가. 즉, 천연 그대로여서 조금도 인위적인 조작이 섞이지 않는 진실한 모습의 본래면목本來面目이 진정한 절의 모습이 아니겠는가. 비둘기는 어떤가? 평화인가, 노숙인가?

이렇듯 고정관념은 진실과는 거리가 멀다. 그렇다면 고정관념에서 벗어나기 위해서 무엇을 어떻게 해야 할까? 우선 대상에 대한 통념의 사유에서 벗어나 사물과 세계를 낯설게 인식하여야 한다. 1960년대 러시아 형식주의자였던 시클롭스키에 따르면 그것은 '대상을 친숙하지 않게 만들고, 형태를 난해하게 만들고, 지각 과정을 더욱 곤란하게 길어지게 하는 것'이다.

1917년 4월 10일 마르셀 뒤샹은 뉴욕 그랜드센트럴 갤러리에서 열린 독립미술가협회 전시회에서 남성용 소변기에 '샘'이라는 제목을 붙여 출품하여 논란을 일으킨 적이 있다. 이는 당시의 예술에 대한 전통적 고정관념을 뒤집은 일대 사건이었다. 이 유쾌한 도발로 인해 미적 가치의 새로운 가능성이 열리게 되었다.

우리는 습관화된 고정관념 속에서 나날의 일상을 살아내고 있다. 그런데 이 통념의 일상화가 타락을 조장하고 부추기고 있다는 사실을 아는 이는 많지 않다. 자동화된 관행이 일상을 지배하고 있는 사회는 부도덕한 사회다. 왜냐하면 통념 속에는 진실이 들어있지 않기 때문이다. 건강하고 바람직한 사회 그리고 현상 이면의 진실에 가 닿기 위해서는 힘들고 아프지만 통념을 뒤집는 사고를 가져야 한다.

2.

풍경이 있는 삶

인연에 대하여

1 —— 오늘의 '나'는 누가 만들었나

어릴 적 연을 자주 만들어 날렸다. 연에는 방패연, 꼬리연, 가오리연 등 여러 가지가 있지만, 그중 나는 주로 방패연을 만들어 놀기를 좋아했다. 방패연을 만들려면 우선 한지를 구해 직사각형으로 오린 다음 한가운데 바람구멍을 뚫어야 한다. 그런 다음 베어낸 지 오래된 대나무를 다듬어 만든 살을, 구멍을 중심으로 엇갈리게 붙이고 네 귀퉁이에 적절한 비율로 실을 달아놓으면 되었다. 이렇게 해서 하나의 이름을 얻게 되는 게 방패연이었다. 이른바 존재의 탄생이었다.

무연한 것들끼리 포개고 얽혀 새롭게 태어나 이름을 얻는 것이 어디 연뿐이랴. 수소와 산소가 만나 물이 되고, 골짜기와 물이 만나 계곡이 되고, 배추와 양념이 만나 김치가 되고, 게와 간장이 만나 서로의 몸속에 스미고 배어 게장이 되고, 생면부지의 너와 내가 만나 운명처럼 한 가족을 이루었듯이 인연이란 무연한 사물과 사물이 만나 관계를 맺고, 맺은 관계가 화학적 작용을 일으켜 숙성되는 것이다. 요컨대 인연이란 관계의 발효 같은 것이다.

만든 연을 가지고 사립을 나서 바람 부는 언덕으로 달려가 연을 날렸다. 실패의 실을 풀었다 감았다 바람의 속도를 조율하며 연을 날렸다. 바람이 세게 불면 실을 풀고 바람이 적으면 실패의 실을 감아올려 바람을 만들면서 연을 날렸다. 아무리 그래도 전혀 바람이 불지 않으면 연은 오르다가 바닥에 곤두박질치곤 하였다. 내가 만든 연이 갓 태어난 새뿔로 우쭐우쭐 좌왕우왕 천방지축 겁 없이 하늘을 찔러대며 오르는 모습을 바라보며 산 너머의 세계를 꿈꾸고는 하였다. 저 산 너머에는 내가 모르는 사람들이 살아가리라. 또 내가 모르는 미지의 세계가 비밀처럼 존재하리라. 하지만 그렇게 하늘 높은 줄 모르고 기고만장하여 오르던 연도 한순간의 부주의로 혹은 예기치 않은 강풍을 만나 줄을 놓치게 되면 연이 다해 어디론가 멀리 떠나버렸다.

내 생을 다녀간 무수한 인연들을 떠올려본다. 오늘의 나를 만든 것은 바로 나를 다녀간 그 무수한 인연들이라 할 수 있다. 돌아보니 참으로 많은 사물들과 사람들이 나를 다녀갔다.

부모와 형제와 친인척과 이웃, 해, 달, 별, 물, 불, 공기, 흙, 구름, 바람, 산, 강, 바다, 논, 밭, 언덕, 길, 꽃, 벌레, 새, 나무, 돌, 밥, 옷, 집, 친구, 연인, 학교, 직장, 목욕탕, 노래방, 모텔, 휴대전화, 페이스북, 부동산, 영화, 비디오, 비행기, 기차, 지하철, 노래, 여행지, 장마, 폭설, 이슬, 버섯……

우주 안에 편재하는 이루 헤아릴 수 없는, 모든 것들과의 만남이 오늘의 나를 만들어온 것이다. 또 내 여생을 다녀갈 사람들과 사물들과의 만남이 미래의 나를 만들어갈 것이다. 그리하여 삶이 종착에 이르는 날 내 이상의 추는 진자 속 마돈나와 소돔 사이 어디에 멈출 것인지? 그것은 전적으로 내 생을 다녀갈 미래의 인연들에 달렸다. 생각하면 두려운 일이다. 부디 좋은 인연들이 나를 다녀가길 기원해본다. 그러려면 우선 나부터 바르게 살아가야 할 것이다.

2 —— 돌멩이와 구두에 대하여

석 달 전 길을 걷다가 달그락거리는 소리가 귀에 거슬려 가던 걸음을 멈추고 소리의 진원지를 추적해보았다. 걸으면 소리가 들리고 멈추면 소리가 멈추는 게 아무래도 소리의 진원지가 구두 밑창인 것만 같아 구두를 벗어 눈여겨보았다. 아니나 다를까 거기에 이유가 있었다. 언제 뚫렸는지 구두 밑창엔 엄지손톱만 한 구멍이 보이고 그 속에 앉은 작은 돌멩이가 천연덕스런 표정으로 나를 바라다보고 있었다. 어디서 굴러 들어왔을까. 나는 돌멩이를 꺼내 길에 놓아주었다. 그 후로도 돌멩이들은 수시로 예의 구멍에 들어와 달그락거리는 소리로 자신들의 존재를 증명하다가 꺼내져 길로 돌아가곤 하였다.

과연 이들의 동숙은 서로가 간절히 원해서 이루어진 것일까, 아니면 하나의 간절한 염원에 의해 이루어진 것일까. 아무려나 이 일은 나와는 별무상관이었기에 크게 괘념하지 않고 나는 다만 꺼내는 일만을 반복할 뿐이었다. 그러다가 어느 날 생각을 고치게 되었는데 그것은 이들의 반복 행위가 우리네 설운 생을 다녀가는 무수한 인연들과 닮은 꼴을 하고 있다는 생각에서였다.

나는 사람과 사람, 사람과 사물, 사물과 사물 간의 인연이란 큰 테두리 안에서는 우연에 의해 주어지지만 그 테두리 안에서의 관계 유무는 개별자의 의지에 의해 이루어진다고 생각한다. 가령 내가 지금의 집사람을 만난 것은 거의 전적으로 우연에 의한 것이었다. 삼십 년 전의 내가 다른 여자들을 전전할 때 아내와 나는 일면식도 없는 생면부지의 존재들이었다. 그러다가 상경 후 우연히 재야 단체가 주관하던 행사장에 갔다가 지금의 아내를 만났고(내 옆자리에 그녀가 앉아 있었다), 그 후 결혼에 이르기까지 나와 아내 간의, 숱한 우여곡절이 있었고, 어찌어찌하다가 둘의 개인적인 의지와 결단이 합의점에 이르게 되어 어렵사리 결혼의 성과를 이루게 된 것이었다.

돌멩이와 구두와의 인연이 이와 다르지 않다고 나는 생각한다. 그것은 인간들의 인연이 맨 처음에는 인간들의 의지를 넘어선 곳에서 주어지듯이 이들(돌멩이와 구두)의 인연 또한 사물들의 의지와는 상관없이 주어진 것이었으리라. 다만 이들은 사람이 아니므로 개별적 존재자로서의 의지와 결단을 발휘하지 못할 뿐이다. 이런 생각으로 오늘 하루도 먼지처럼 떠돌다 하루만큼 저물어갔다.

3 ── 싸리나무꽃에 대하여

십 년 전 유월 어느 날 강원도 정선 호젓한 산길을 걷다가 나는 보랏빛 종소리를 듣게 되었다. 소리의 진원지를 찾아가니 산 중턱 못 미쳐 올망졸망 싸리나무꽃들이 탐스럽게 피어 있었다. 싸리나무는 나를 타임머신에 태워 눈 깜짝할 새에 수십 년 전 고향 집 마당에 내려놓았다. 싸리나무와 칡넝쿨을 베어다가 즉석에서 싸리비를 만들던 시절이 떠오르고 어린 내가 공부나 심부름에 게으를 때마다 손수 싸리나무 가지를 꺾어오게 해 내 종아리를 파랗게 물들이던 엄니의 매운 회초리가 생각났다. 사립을 나와 훌쩍거리면서 할 수만 있다면 온산을 뒤져서라도 싸리나무란 나무를 모조리 베어내고 싶었다.

하지만 그 낭창낭창한 회초리들이 내 맨살에 와서 척척 안기며 먹빛 고통을 남기지 않았더라면 어찌 훗날 내가 최소한의 사람 노릇이나마 할 수 있었겠는가.

알싸한 향기가 잠자던 후각을 깨워 자극하는 동안 나는 싸리나무꽃으로 돌아온 죽은 엄니를 보듬기 위해 향기의 치마폭에 안겨들었다. 아, 그런데 이게 어찌 된 일인가. 싸리나무가 나를 밀쳐내는 게 아닌가. 그러더니 불쑥 회초리를 꺼내 들어 나를 후려치는 게 아닌가. 이놈, 이 게으른 놈, 하시며 이번에는 종아리가 아닌 불룩 나온 아랫배를 사정없이 패대는 것이 아닌가. 아아, 엄니, 내가 잘못했슈. 엄니는 싸리나무로 다시 돌아오셔서 여전히 내 방만한 삶을 나무라고 계셨던 것이다. 나는 죽는 그날까지 싸리나무를 떠나지 못할 것이다. 사는 동안 싸리나무와 맺은, 저 질긴 인연을 풀지 못할 것을 나는 믿는다.

내 사랑, 그리운 강진이여

　태생지가 아닌데도 고향처럼 살갑게 그리운 마을 강진이여, 그리고 옥빛 바다 서늘한 마량포구여, 당신은 이제 여생을 함께 할 내 마음의 고향이자, 연인으로 남아 있습니다.

　해마다 몸과 마음에 켜켜이 생활의 먼지가 쌓여 더 이상 운신이 불편해질 때면 나는 버릇처럼 남도의 당신을 떠올립니다. 그리고는 한가한 날을 골라잡아 당신을 향해 긴박한 부름을 받은 이처럼 부리나케 내달려갑니다. 어머니의 자궁처럼 아늑하고 평화로운 당신의 품에 안길 생각을 하며 당신에게로 가는 동안 나는 생일상을 받은 아이 마냥 내내 행복해집니다. 당신을 떠올리면 당신은 풍경보다도 냄새로 먼저 다가옵니다. 진한 갯벌 내를 풀풀 풍기며 강보에 싸인 아기처럼 나를 당신의 품안에 안는 당신!

　내가 당신을 처음 만난 것은 십 년 전입니다. 세상의 운명적인 사랑이 대개 그러하듯 당신과 나의 만남도 어떤 계획이나 의도와는 상관없이 우연에 의해 이루어졌습니다. 그러나 곰곰 생각해보니 중매쟁이가 전혀 없었던 것은 아니었군요. 그곳이 고향인 내 오랜 문우 김선태 시인의 강권에 가까운 권유 때문에 당신을 찾게 된 것이 당신과 그토록 오랜 인연의 시작이 되었으니까요. 우연으로 비롯되었으나 필연으로 결과 지은 당신과의 관계. 그리하여 당신에 대한 그리움은 연하고질煙霞痼疾, 혹은 천석고황泉石膏肓이 되어 때때로 나를 괴롭힙니다.

당신은 조선 팔도에서 그 무엇에게도 지지 않는 빼어난 풍모를 지녔습니다. 거기에 지성을 겸비한 당신이십니다. 어찌 내가 한눈에 혹하지 않을 수 있었겠습니까. 당신을 흠모하는 이가 나 하나만이겠습니까. 당신을 만나고 온 이들은 모르긴 몰라도 당신에 대한 연모의 정으로 전전반측하며 밤잠을 설치기도 할 것입니다. 흔히들 당신을 일컬어 '남도 문화 유적 답사 1번지'라 하더군요. 왜 아니겠어요. 김영랑 생가와 다산초당과 고려청자 도요지, 백련사와 수천만 평의 갯벌이 있으니 그리 불리는 게 당연지사이지요.

당신을 만나온 지 햇수로 십 년이 된 나는 만나는 이들에게 기회가 닿으면 당신에 대해 입에 침이 마르도록 칭찬을 아끼지 않습니다. 몰래 숨겨두고 나 홀로 당신을 즐기고 싶은 마음이야 굴뚝같지만 그런 얌체 짓이 왠지 죄짓는 일만 같아서 그런 마음이 도질수록 외려 한쪽으로 기울어지는 마음의 경사가 싫어서 더욱더 당신 자랑에 열을 올린답니다. 그러나 한편으로는 염려가 들기도 합니다. 당신에 대한 소문이 널리 퍼져서 당신을 찾는 사람들로 당신이 붐비게 되면 당신의 순연한 성정이 혹 모질게 변하는 것이 아닐까 하는 걱정 때문입니다.

목포에서 차를 타고 40분가량 달리면 잘 닦지 않은 유리창처럼 흐린 당신의 상반신(바다)과 양푼에 퍼온 지 오래된 시래기죽처럼 질퍽하게 풀어져 퍼져 있는(이것은 멀리서 보기 때문입니다. 가까이 가면 당신은 식은 죽이 아니라 펄펄 끓는 국으로 다가옵니다) 당신의 허리 아래(갯벌)가 한눈에 들어옵니다.

나는 당신의 허리 아래가 어머니의 자궁, 혹은 태아 적의 양수 같다는 생각이 들었습니다. 당신의 허리 아래는 내게 강렬한 성적 욕망을 부추깁니다. 당신 안에 잠겨서 한 사흘 죽음 같은 깊은 잠에 들고 싶습니다. 또는 들숨날숨 크게 숨 쉬고 있는, 오래 끓인 곰국처럼 걸고 진한 당신의 구멍 속으로 세발낙지가 되어 파고들고 싶다는 본능적 충동에 시달리기도 합니다. 당신 앞에 서면 부는 바람에 이리저리 쏠리는 가랑잎같이 가랑가랑 울던 날들의, 제 깐냥으로 절실했던 청승과 신파가 다 가짜 같다는 생각이 드는 것을 어쩔 수가 없습니다.

누군가 내가 지고 가야 할 미래의 생을 빛깔과 냄새로 미리 말하라고 한다면 나는 망설이지 않고 한참을 달아올라 씩씩거리던 김으로 솥뚜껑 몇 번이고 들어 올리는, 한파에도 보글보글 들끓고 있는 당신의 허리 아래를 보여주겠습니다. 당신의 구멍마다 뜨겁게 몸을 담근 소라게처럼 여직 나는 비린 살냄새를 잊지 못하고 있기 때문입니다. 언젠가 몸에 묻은 생활의 뻘흙 말끔히 씻어낸 후에 마침내 내 생이 최종적으로 돌아갈 곳은 바로 당신의 구멍이기 때문입니다.

나는 또 당신의 허리 아래에서 실패한 사랑과 다가올 사랑을 떠올리기도 합니다. 언젠가 푹푹 빠지는 당신의 아랫도리(갯벌)를 맨발로 걷다가 숨어 있던 모난 돌에 찔려 피를 흘린 적이 있습니다. 그것은 마치 매번 당하면서도 자주 잊는 세상의 흔한 사랑의 관계 같기만 하였습니다. 그러나 시간이 지나면 맨발의 상처가 아물 듯 사랑도 마음에 흉터를 남기고 아물게 마련입니다. 내 맨발에는 나만 아는 상처의 무늬가 몇 겹쳐 있습니다. 갯벌에 다친 맨발이 한동안 물컹하고 쫀득한 살의 유혹 멀리하고 두려워하는 것처럼 마음 또한 사랑을 한동안 멀리하고 두려워하겠지요. 그러나 또 질척한 자궁 속에는 들숨날숨의 무궁무진한 생명들이 얼마나 뜨겁게 숨 쉬고 있는 것인지요. 그것이 바로 당신의 힘인 것이지요. 그렇듯 내 다친 마음은 시간이 지나면 그날의 상처를 까맣게 잊고 다시 사랑을 찾아 나설 것입니다.

당신이 아프면 안 됩니다. 당신은 세상의 어머니이고 아내이기 때

문입니다. 사내인 바다가 하루에 두 번(밀물과 썰물) 당신을 안아주고
가면 당신은 언제나 새로운 생명들을 잉태하곤 하였지요. 그러나 당
신의 이웃 아낙들은 자궁암이나 유방암이나 백혈병이나 관절염 등의
갖은 질병으로 지금 크게 앓아대고 있습니다. 그녀들은 아무리 남정
네들이 뜨겁게 안아주어도 더 이상 생명을 잉태하지 못하거나 어쩌다
힘겹게 잉태하여도 장애아를 낳기 일쑤입니다.

내가 특별히 당신을 연모하는 까닭은 아직 당신이 충분히 젊고 싱싱
하기 때문입니다. 당신의 관능은 눈이 부십니다. 건강한 관능미가 나
를 들뜨게 합니다. 당신 앞에서 나는 건장한 사내이고 싶습니다. 바다
가 그러하듯이 나도 당신을 뜨겁게 품고 생명을 뿌리고 싶습니다. 세
발낙지가 되어 당신을 파고들고 싶다가도 나는 또 뜬금없이 거친 바다
가 되어 당신을 덮치고 싶은 것입니다.

세 해 전이었던가요. 당신을 만나러 간 봄에 당신의 머리맡에서 나
는 뜻밖의 부드러운 풍경을 만났습니다. 그 인상적인 풍경과의 해후
는 특별히 감동적이었습니다. 입춘의 그날에 만난 것은 '보리밭'이었
습니다. 바다 쪽에서 불어오는 바람에 고개를 숙였다 일어서는 보리
들이 핏줄처럼 얼마나 반가웠던지 괜스레 눈물이 솟는 것을 가까스로
참았습니다. 나는 그날의 보리밭 속에서 내 어릴 적 종다리와 황토빛
누런 얼굴들을 떠올렸습니다. 더러는 죽고 더러는 경향 각처로 흩어
진, 자주 눈에 밟히곤 하던 얼굴들 말입니다. 서울의 밥집에서나 더러
만나던 보리, 시집에서만 더러 읽던 보리, 오뉴월 부릴 뗑깡을 파랗
게 키우고 있던 보리, 시인 한하운의 서러운 보리, 시인 서정주의 관
능의 보리, 시인 함형수의 추억의 보리를 그날 보았던 것입니다. 보
리 추수를 해본 사람은 알 것입니다. 보리는 베어져서도 성깔을 죽이
지 않고 추수하는 소매 속으로 들어가 까칠하게 살갗을 아프게 긁어

댑니다. 시골 농부의 무던한 심성 속에 숨어 있는 자존의 성깔을 닮은 것이지요. 보리밭은 당신이 나를 위해 일부러 불러들인 선물인 줄 알았습니다. 풍경은 사람의 마음을 얼마나 부드럽게 쓰다듬는지요. 풍경의 손길에 조용히 몸을 맡기면 마음이 고구마순처럼 한결 순해지는 것을 느낍니다.

당신과 하루해 전 노닥거리다 배가 출출해지면 한사코 내 허리춤을 감겨오는 뜨거운 당신의 포옹을 슬그머니 풀고 가는 곳이 마량포구입니다. 당신의 허리를 따라 남쪽으로 차편을 이용해 20여 분을 달리면 거기, 갓 시집온 새댁처럼 수줍게 얼굴을 내밀어오는 포구가 눈에 들어옵니다. 이 집 저 집 기웃거리다 구석에 옹색하게 물러앉은 횟집을 찾아 들어가 횟감을 시켜놓고 넘치는 소주잔에 노을과 바다를 타서 마시면 합격 통지서를 받고 집으로 돌아가는 입시생처럼 세상이 다 내 편 같기만 하고 까닭 없이 마음이 들떠서 바람을 만난 배의 돛처럼 한껏 부풀어 오릅니다.

포구에 올 때마다 나는 못된 생각에 젖어봅니다. 아마도 취기 때문일 것입니다. 그러나 이 못된 생각이 내 생전에 현실화될 가능성은 전혀 없습니다. 그러기에 이 못된 생각은 더욱 애틋하고 간절합니다. 다름이 아니라 몰래 숨겨놓은 애인을 데불고 나는 소문조차 아득한 이 포구에 와서 한 석 달 소꿉장난 같은 살림이나 살다 갔으면 하는 것입니다. 한나절만 돌아도 동네 안팎 구구절절 훤한, 누이의 손거울 같은 마을 마량에 와서 빈둥빈둥 세월의 봉놋방에나 누워 발가락 장단에 철 지난 유행가나 부르며 사투리가 구수한, 갯벌 같은 여자와 옆구리에 간지럼이나 실컷 태웠으면 하는 생각에 젖는 것입니다. 사람들의 눈총이야 내 알바 아니고 조석으로 부두에 나가 낚싯대는 시늉으로나 던져두고 옥빛 바다에 시든 배추 같은 삶을 절이고 절이다가 그것도 그만 신물이 나면 통통배 얻어 타고 횡, 하니 먼 바다나 돌고 왔으면 하는 것입니다. 그렇게 감쪽같이 비밀 주머니 하나를 꿰차고 와서 시치미 뚝 떼고 앉아 남은 뜻도 모르는 웃음 실실 흘리며 알량한 여생을 거 덜냈으면 하는 것입니다.

이런저런 사념에 젖다 보면 어느새 어둠의 홑이불이 바다를 덮어옵니다. 그러면 갑자기 갈 길이 바빠집니다. 나는 먼 곳에서 손을 흔들며 당신에게 작별을 고합니다. 그러나 당신은 크게 슬퍼하지 않습니다. 우리의 이별은 한시적일 뿐이라는 걸 그간의 경험으로 잘 알고 있기 때문입니다. 한 달포, 아무리 늦어도 철이 바뀌기 전에 내가 당신을 다시 찾아올 걸 당신은 진작에 알기 때문입니다.

이 편지가 당신에게 도착할 즈음 어쩌면 나는 벌써 하행선 열차에 더운 몸을 싣고 있을 줄 모릅니다. 그날에 당신을 만나 그간 밀린 이야기 또 실컷 나누기로 하지요. 내 사랑 그러면 그때까지 안녕!

나에게 행복은 어떻게 찾아오는가

학수고대하던 단비가 내리고 있다. '가뭄 끝에 단비라더니' 내리는 비가 그렇게 반가울 수가 없다. 올해 가뭄은 백 년 만에 처음이라지 않은가. 연일 기록을 갈아 치우던 기온 상승으로 불쾌지수가 높아가던 차에 달아오른 지열을 차갑게 식히며 시원하게 내리는 비를 바라보자니 뼛속까지 시원해지는 느낌이다.

오늘처럼 비가 내리면, 그 가운데 특히 여름비가 내리면 나는 일부러 불 나간 방에 드러누워 빗소리를 마음의 손으로 만지면서 여러 환상에 젖는 버릇이 있다. 내 몸의 살갗을 뚫고 나온 감각의 덩굴들이 손을 뻗어 비의 살처에 닿으려 아우성치는 것을 보고 듣는 것이다. 비가 내려와 바닥을 만지면서 내는 소리의 실금들이 보이고 비의 몸에서 나는 비린내가 손금처럼 적나라하게 슬금슬금 번지어가는 모양을 본다. 이렇듯 캄캄한 동굴에 한 마리 길짐승이 되어 엎드린 채 귀 쫑긋 열어놓고 있으면 바깥에서 피우는 온갖 소리와 냄새의 꽃들이 환하게 손에 잡혀온다.

비는 물리적 시차의 경계를 간단없이 무너뜨린다. 나는 어느새 서울 중년을 벗어나 나이 어린 시골 소년으로 돌아가 있다. 마루에 쪼그리고 앉아 들판 가득 막 삶아 헹궈낸 국숫발처럼 쏟아져 내리는 빗줄기들을 바라보다가 천천히 눈을 돌려 외양간, 모처럼 일에서 놓여난 소가 워낭을 흔들며 우물우물 여물을 넣어 삼키는 모습을 바라다본다. 고즈넉한 풍경. 쓸쓸하면서도 감미로운 흑백 풍경. 나는 이 고즈넉한 묵화를 평화 혹은 행복이라 부르고 싶다.

시간의 서랍 열고 닫던 소리
귓가에서 점점이 멀어져
풍경으로 남은 소리
들쩍지근한 내 앞세워
순한 저녁이 올 때
문득, 적막을 크게 흔들어
밑바닥에 갈앉은 생의 본적
떠오르게 하는
물빛 그렁그렁한 평화

—「워낭소리」전문

또 다른 장면이 눈에 밟힌다.

입성 초라한 식구들이 마루에 둘러앉아 이른 저녁을 먹고 있다. 어머니가 양푼 가득 퍼온 수제비를 각자의 그릇에 떠서 열무김치와 함께 후루룩 소리를 내며 연신 땀 흘려 먹는 저녁. 아, 이 얼마나 가난하나 깨끗한 식욕인가. 후식으로는, 젖어 구겨진 보리 대궁을 펴 지핀, 매운 연기로 쪄낸 햇감자를 먹는다. 그 담백하면서도 고순 내가 는개처럼 마당을 가로질러 담장 밖으로 시나브로 퍼져나간다. 나는 이 가난한 평화와 행복이 너무도 그립다.

고요히 빗소리를 듣고 있으면 빗소리는 실로 다양한 소리의 결을 지니고 있음을 알 수 있다. 그것은 누군가 두드리는 실로폰 소리 같기도 하고, 드르륵 드르륵 밟아대는 재봉틀 소리 같기도 하고, 타작마당에서 도리깨질하는 소리로도 들리고, 삭정 개비를 삼키는 불꽃 소리로도 들리고, 새들이 짝 지으며 내는 소리로 들리며, 헐렁해진 상자 모서리에 못 박는 소리, 가마솥에서 물이 끓는 소리, 만취한 가장이 대자로 누워 코를 곯아대는 소리 등속으로 들리기도 하는 것이다.

이렇게 섬세하고도 다채로운 소리의 결을 만지다 보면 어느새 마음은 몸에 난 쪽문을 열고 나가 저 혼자 해종일 여기저기를 쏘다니면서 빗소리의 살처들을 만지다가 저도 그만 축축해져 돌아오곤 한다. 모처럼 일상에서 벗어나 이런 비생산적인 한유에 젖어보는 것을 나는 적막한 평화 혹은 행복이라 부르고 싶다.

오는 비는 가게 마련이다. 비가 가고 난 뒤 피어나는 호박꽃은 얼마나 흐벅지던가. 그 꽃으로 모주꾼들 같은 벌들이 붐비고, 밭둑 미루나무에 열매처럼 매달린 매미들 울음소리가 옥타브를 올린다. 비 개인 날 저녁 개구리들 울음주머니는 더욱 커져가고 밤의 별꽃들은 더욱 초롱초롱하다.

나는 이런 풍성한 여름을 떠올리는 것만으로 부자가 된 듯 평화롭고 행복해진다. 나에게 평화는 행복의 다른 이름이기도 하다. 감각의 구체를 통해 나는 평화와 행복을 보고, 느끼고, 듣는다. 행복은 결코 거창한 것을 구하는 데서 오지 않는다. 작고 사소한 나날의 일상 속에 그것은 잠복해 있다. 견자見者만이 그 보물을 자주 찾아 맛볼 수 있을 것이다.

아우라가 살아 있는 마당 있는 집

오늘 저녁도 혼자서 대충 해결해야 할 모양이다. 다 늦은 저녁 아내로부터 문자가 왔다. "직장 회식이 있어 늦을 것 같아요. 저녁은 알아서……." 대학에 다니는 아들은 밤늦게 귀가하는 게 이제 일과가 되었으니 또 꼼짝없이 혼자서 구차스럽게, 그 무슨 의무처럼, 한 끼니를 마련해야 한다. 한두 번 이런 일을 겪는 것도 아닌데 오늘 따라 만사가 귀찮고 불쑥 사는 일에 건짜증이 인다. 혼자서 끼니를 챙기는 일처럼 쓸쓸한 일도 드물다. 좀 목소리에 호들갑과 과장을 실어 말한다면 가축이 되어 사료를 먹는 느낌이랄까, 까닭 없이 궁상맞고 처량해지기도 하는 것이다.

이럴 때 나는 버릇처럼 시간의 굴렁쇠를 굴려 아득한 옛날로, 몽상에 잠기듯 걸어 들어가곤 한다. 이런 나의 복고 취미가 물론 생산적이지 않다는 것을 나는 잘 알고 있다. 그러나 어쩌랴. 그것이 나에게는 현재의 불우를 견디는 약이요, 삶의 동력인 것을.

어릴 적 나는 비교적 마당이 넓은 집에서 살았다. 당시 우리 집은 뒤꼍 대숲을 배경으로 둔 일자 식(맨 왼쪽에서 오른쪽 방향으로 부엌, 안방, 건넌방, 건넌방 뒤에 골방, 사랑방)의 동향 가옥 구조였다. 앞산을 향해 난 사립 양쪽으로는 어른 어깨 높이의 흙담이, 들녘에서 먹이를 물고 처마 밑 둥지로 돌아온 어미 제비가 쩍쩍 입 벌려 먹이를 보채대는 새끼들을 바라보면서 양 날개를 막 접어가는 형상으로 반원을 그리며 둘러쳐 있었다.

마당 안에는 사립 쪽에서 바라볼 때 오른쪽 담장 아래 닭장이, 뒤꼍으로 돌아가는 곳에 돼지우리가, 왼쪽 부엌 앞에 작두 샘이 있었고, 그곳에서 서너 걸음 떨어진 담장 아래 아무도 돌봐주지 않아도 제철마다 잊지 않고 기특하게 갖가지 색깔들을 피워대는 서너 평의 꽃밭이 있었다.

마당이 넓은 집에서 오래 살았던 사람은 추억이 두꺼운 사람이다. 마당은 알게 모르게 우리들에게 얼마나 많은, 유의미한 생의 경험과 지혜들을 안겨주었던가. 마당 안에서 세계의 일원으로 살았던 어린 시절은 충분히 아름다웠다. 마당은 우주의 비밀을 하나하나 깨달아가는 노천 학교였다. 비록 지금은 그 꿈으로부터 너무 멀리 걸어왔지만 어린 시절 한때 나는 명석한 과학자가 되어 천체의 수수께끼를 밝히는 아름다운 상상에 젖곤 하였다. 나에게 마당은 생의 둥우리 같은 곳이었고 세상 바깥과 안을 연결시키는 하나의 문이었으며 가족 구성원들과 스킨십을 주고받는 소통과 교감의 열린 광장이었다.

평상에 관한 명상

마당에 놓인 평상은 규율이 엄하던 시절 하나의 해방구였다. 지금도 나는 어쩌다 시골집에 들르게 될 때면 곧잘 평상을 찾곤 하는데 그곳에서 나는, 땀내 나는 가장을 벗고 헐렁한 건달로 갈아입는다. 평상에서마저 예의와 격식을 갖출 필요는 없다. 평상에 앉으면 까닭도 없이 마음이 한가롭고 느긋해진다. 평상 위에서는 시간의 흐름마저 완만해진다. 어릴 적 나는 평상에 누워 밤하늘을 수놓은 이루 셀 수 없이 많은 별꽃들을 우러르며 휘파람과 노래를 부르곤 하였다. 지상에서의 모든 슬픔들이 하늘로 올라가 별이 되는 꿈을 꾸기도 하였다. 평상에 엎드려 소리 내어 국어책을 읽었고, 당시에는 아주 귀한, 어찌어찌해서 손에 들어오게 된 동화책 속 향기 나는 이야기들을 맛있는 음식을 아껴 먹듯 천천히 몸 안쪽에 새겨 넣었다. 그날에 내가 읽고 쓰던 말과 글자들은 훗날 나무와 꽃이 되었으리라 확신한다.

안방에서는 엄하여 감히 맞바라볼 수 없었던 아버지도 이상하게 평상에 오셔서는 더러 농을 거시기도 하였다. 그날의 평상에는 아버지의 권위를 무장해제시키는 무슨 비밀이라도 간직하고 있었던 게 확실하다. 술에 취한 아버지가 흘러간 유행가를 청승맞게 불러댄 곳도 평상이었다. 자기 통제에 엄격하던 식구들도 이곳에서만은 꽁꽁 동여맨 감정을 헤프게 풀어놓기 일쑤였다. 부엌에서 근심이 잦던 엄니도 평상에 와서는 사춘기 소녀처럼 깔깔대었다. 별일 아닌 것에도 박장대소하며 즐거워하는 엄니가 어린 내 눈에도 철없어 보였다. 평상에 누워 나는 잔기침이 잦은 할머니로부터 구슬픈 전설이며 민담들을 들었고 아버지로부터 마당 밖에서 일어난 마을과 나라의 큰 걱정거리들을 전해 듣기도 하였다.

코밑 거뭇해진 소년기의 어느 여름날 다 늦은 저녁 평상에 누워, 졸음 고인 눈두덩을 굴려 머리맡에 낙과처럼 떨어지던 산사의 종소리를 듣던 그날의 애틋한 평화가 어제 일인 듯 눈에 환하다. 평상은 내 어린 날의 친구이자, 스승이고, 애인이었다.

멍석에 관한 명상

멍석을 떠올리면 여름날의 저녁 밥상이 떠오른다. 어둠의 홑이불이 시나브로 마을을 덮어오면 논과 밭을 빠져나온 식구들이 하나둘 집으로 모여든다. 연장들이 돌아오고 들판에서 긴 여름의 하루를 보낸 가축들도 들어와 마당 가득 흥성거린다. 이렇듯 저녁은 사립을 나섰던 식솔들과 가축들이 돌아오는 시간대이다. 시골의 저녁은 시간의 문이다. 낮의 시간과 밤의 시간이 서로 임무를 교대하는 시간대인 것이다. 낮이 질서와 합리와 경쟁으로 무장된 아버지의 시간대라면 밤은 화해와 평안이 동심원을 그리며 퍼져가는, 전일적 세계관이 세계를 지배하는 어머니의 시간대이다. 밤으로 들어서는 출입문이 저녁이다. 그러므로 저녁은 소박하나마 축제의 시간이기도 한 것이다.

논과 밭에서 만 리보다 더 긴 하루를 보내고 돌아오는 어른들은 동네 우물에 들러 등허리 가득 내를 이루었던 땀이 남긴 허연 소금기를 등목으로 씻어내고 바가지 가득 시원한 샘물을 퍼 올려 갈증을 달랜다. 그런데 가만히 들여다보면 그 바가지 속 투명한 물속에 성질 급한 초저녁달이 떠 있다. 벌컥벌컥 달빛을 마시는 장정의 목울대가 땡볕에 약 오른 가을날의 고추처럼 붉게 꿈틀거린다. 저녁연기가 싸리울 밖으로 이중으로 풀리면 마당엔 둥근 멍석이 펼쳐진다. 모깃불은 맵차게 피어오르고 연애질에 분주한 하루를 보낸 누렁이도 돌아와 마루 밑 제집 앞에 꼬리를 말아 감고 쭈그려 앉아 있다. 이윽고 저녁 밥상이 펼쳐진다. 둥근 밥상에 차려진 건건이(반찬)라고 해봐야 김치 일색이다. 무김치, 파김치, 총각김치, 배추김치 등속. 그런데 오늘은 특별한 메뉴가 눈을 확 잡아끈다. 다름 아닌 민물새우 된장국이다. 이것은 오늘 내가 방죽에서 된장을 미끼로 삼아 소쿠리로 건져 올린 것들이다. 된장 밝히다 죽은 새우들을 된장에 넣고 끓인 새우 된장국은 별미 중의 별미다. 둥근 밥상을 둘러싼 식구들의 말없이 분주한 수저질. 그 틈을 비집고 논둑을 타고 넘어온 개구리들의 울음소리가 된장국 속에 손을 담근다. 산을 에돌아오는 호남선 상하행 기적 소리도, 태기봉 7부 능선을 헉헉, 땀 흘리며 기어오르던 초승달과 개밥바라기별도 김칫국물에 손을 뻗어온다. 대나무 숲 소속 밤무대 가수인 밤새 울음소리도 무김치에 혀를 대오고 반쯤 무너진 흙담을 무너뜨리며 떼 지어 달려 나오는 텃밭 클럽 풀벌레 아이돌 가수들도 냉수 사발에 가득 떠 있다. 그렇게 해서 생겨난 '달국'과 '별국'과 '풀벌레 냉채'를 배부르게 떠먹고 마신다. 요컨대 작은 시골 마을의 초라한 밥상에 전 우주가 동참해온 것이다. 어찌 위대하지 않을 수 있으랴. 우리는 하늘의 별과 달과 숲과 벌판을 반찬으로 먹고 살아온 셈인 것이다. 그런 날 저녁을 달게 잡순 할머니의 트림 소리는 십 리 밖에서도 또렷이 들렸을 게 분명하다.

뒤꼍에 관한 명상

　뒷마당 일명 뒤꼍에는 한낮에도 산에서 흘러온 그늘이 고여 출렁거렸다. 게으른 해가 맨 나중에 찾아오고 바지런한 어둠이 가장 먼저 찾아오던 곳. 외로울 때 나를 부르던 곳도 뒤꼍이었고 이유도 근거도 없이 감상에 젖어 고아 공포증에 시달릴 때면 스스로 찾아가 울던 곳도 뒤꼍이었다. 나만의 비밀이 여름풀처럼 웃자라던 곳, 내 마음의 고향이자 습지인 뒤꼍에서 나는 앞마당에서 보여주던 명랑의 가면을 벗어 던지고 우울의 나체로 서 있고는 하였다.
　뒤꼍은 할머니와 어머니가 곧잘 펼치곤 하던 정치의 마당이기도 하였다. 마을에서 잔치가 벌어지는 날이면 일을 돌봐준 대가로 주인이 준 전이며 떡이며 괴기며 과일 등속을 호주머니에 싸가지고 와서는 안 마당으로 동생들과 나를 불러들여서는 닭 모이를 주듯 골고루 하나씩 나누어주신 다음 은밀하게 뒤꼍으론 나만을 불러들여 '너는 이 집 장손 이니까 특별히 더 주는 거다. 누가 볼까 무섭다 얼른 먹어라' 하시며 털 숭숭 박힌 돼지비계를 손 안에 얹어주면서 눈을 찡긋, 거리곤 해서 나 를 매번 감동시키고는 하였는데 나중에 알고 보니 동생들도 그렇게 하 나씩 불려갔던 것이다. 이 얼마나 교묘하고 정치한 인치의 기교인가.

　뒤꼍은 내가 맨 처음 문맹을 떨치고 문자를 익힌 학습의 장이기도 했다. 입학 전 해의 여름 저녁, 낮 동안 신작로와 들길과 지붕을 지글 지글 볶고 달구던 해가 몸을 거둬 노송 사이로 빠져나가고 있었다. 해 가 빠져나간 빈자리로, 골짜기 여기저기 잠복해 있던 어둠들이 스멀 스멀 기어나와 먹물처럼 번져가고 있었고 뒤꼍 장광 옆에 임시로 걸어 놓은 가마솥엔 아홉 식구가 먹어야 할 보리밥이 구수한 내음을 풍기며 익어가고 있었다. 아궁이 밖으로 혀를 날름대며 기어 나오는 불의 줄 기들을 바라보면서 모자母子는 말이 없었다. 늦여름 잡초들의 식욕은 얼마나 무성했던가. 장광 둘레는 어느새 그들의 차지가 되어버렸다. 어머니는 사나운 불길을 달래 가까스로 아궁이 속으로 들여보내는 한 편 잡초 뽑는 일에도 열중하셨다. 그러고는 한참 후 화염이 드리운 황 홀경에 취해 넋이 나가 있던 나를 불러 세우고는 '너도 내년이면 학교 에 가야 하니 이름자 정도는 미리 배워야 하지 않겠느냐'며 내게 부지 깽이를 쥐어주셨다. 어머니가 사금파리로 쓴 글씨를 나는 부지깽이로 따라 쓰고 또 쓰고 하는 동안 집 안팎으로 어둠이 들어차 출렁거렸다.

　이것이 내가 문자와 만난 최초의 경험이다. 그해 여름이 끝나갈 때 까지 어머니가 쥐어준 부지깽이를 연필 삼고 아궁이 밖으로 날름대는 불의 주둥이가 밝힌, 잡초가 뽑혀 나간 두어 평의 땅바닥을 공책 삼아 나는 한 글자 한 글자 서툴게나마 글자를 읽혀나갔던 것이다.

뜰방에 관한 명상

마당을 떠올릴 때면 더불어 자연스럽게 딸려 나오는 공간이 있다. 뜰방이다. 뜰방은 마당과 마루 사이에 있는 공간으로서 지금의 가옥 구조로 말하면 현관에 해당되는 곳이다. 뜰방에는 문수가 다른 신발들이 어지럽게 놓여 있다. 또한 호미, 맷돌 등속 농기구들이 함부로 널브러져 있다. 뜰방은 항구와 같은 곳이다. 저녁이면 항해를 마친 선박들(신발들)이 항구(뜰방)에 하나둘 귀항하여 정박해 있다가 다음날 아침 선박 주인들을 싣고 항구를 떠나 연안(마당)을 가로질러 바다(바깥세상)를 향해 출항을 서두르는 것이다.

마당을 잃어버린 현대인들은 마음의 여유가 없다. 환금성의 가치로 전락해버린 현대식 가옥 구조 아우라가 사라진 집에서 단절과 유폐와 고립을 겪고 있는 현대인들의 심성은 시멘트처럼 딱딱하게 메말라가고 있다. 여기 마당 있는 집, 구석에 놓여 있는 돌확에는 어제 내린 비가 고여 있다. 그 빗물을 마시려고 대숲 참새들이 종종 걸음으로 돌확을 다녀간다. 구름 나그네도 내려와 갈증을 달래고 난 후 그 물을 거울 삼아 화장을 고치고 간다. 이렇듯 마당이 있는 집은 자연과 인간이 더불어 살아가는 곳이다. 아우라가 살아 있는, 마당 있는 집이 그립다.

침묵의 세계

이 세상에서 가장 먼 길은 어디일까. 자신의 거처에서 출발하여 지구 반대편에 이르는 길일까. 자신이 지향하는 생의 최종적 목표 지점에 이르기 위한 도정일까. 내가 무모한 열정과 아름다운 소비의 나이를 사는 열혈 청년이었다면 망설임도 없이 '그렇다'라고 대답했을 것이다. 그러나 지천명을 사는 지금은 다르다. 이 세상에서 가장 먼 길, 그것은 자기가 자기에게 돌아가는 길이 아닐까 하는 생각이 들기 때문이다. 나날의 일상을 숨 가쁘게 연명해오는 동안 자신의 본향으로부터 너무 벗어나 살고 있는 것은 아닌가 하는 뼈저린 회한에 젖어 까닭 없이 울컥 설움이 목울대로 치밀어 오르는 때가 있다. 자신에게 돌아가는 일은 지구 반대편을 다녀오는 수고를 지불한다 하여 성취될 수 있는 일이 아니다. 영혼의 문제를 물리 차원에서 풀 수는 없는 일이기 때문이다. 자신의 생의 기원을 떠올려 본래 청정에 이르기 위한 간단없는 성찰만이 요구되는 것이기에 그 길은 험로 그 자체라 할 수 있다. 그런데 이것이 나에게만 요구되는 고유하고 특별할 문제일까. 정도 차이는 있으나 현대인의 경우 이 문제로부터 크게 벗어날 사람은 거의 없을 것이다.

그렇다면 우리는 왜 너나없이 자신으로부터 너무 멀리 걸어오게 된 것일까. 우리는 모두 "세계의 소음으로부터 고립되고 침묵으로부터도 고립된, 버림받은 자"(막스 피카르트의『침묵의 세계』)들이기 때문이다. 기술과 자본이 지배하는 오늘의 시대는 현대인을 무한 욕망과 무한 경쟁으로 내몰고 있다. 저마다 섬으로서 유폐와 단절과 고립의 생을 사는 현대인은 타자와의 진정한 교감과 소통이 부재한 불모의 현실을 가까스로 견디며 강제된 삶을 살아내고 있다. 현대판 유목민들! 이들 현대인의 내면에는 사막 같은 절대 고독이 자리하고 있는 것이다. 거리에 쏟아져 나온 그 많은 방들을 보라! 집 속에 들어 있어야 할 방들이 거리로 쏟아져 나온 것은 그 방들이 자기 역할을 못하기 때문 아닌가. 진짜 방을 버리고 가짜 방에 투숙하여 일시적 위안을 구걸하는 현대인들의 저 가눌 길 없는, 결핍과 부재를 앓는 처연한 몸짓들을 보라!

　이러한 병폐를 치유할 수 있는 길, 그것은 우리가 잃어버린, 혹은 멀리하고 배척해온 침묵으로 다시 돌아가는 길밖에 없다. 청량음료가 제 아무리 시원한들 한여름의 갈증을 근원적으로 달래줄 수 없을 뿐더러 그것은 더 큰 갈증을 불러올 뿐이다. 소음이 바로 그러하다.

　　그러나 침묵은 효용의 세계 외부에 위치한다. 침묵으로는 아무것도 할 수가 없고 침묵으로부터는 진정한 의미에서 아무것도 생기지 않는다. 침묵은 비생산적이다. 그 때문에 가치 없는 것으로 여겨진다.
　　그럼에도 불구하고, 유용한 모든 것들보다 침묵에서 더 많은 도움과 치유력이 나온다.

　　　　　　　　　　　　　　　—막스 피카르트, 『침묵의 세계』

목적성에 갇힌 삶은 우리를 수인으로 만든다. 목적에 갇히는 순간 우리는 순수와 자유를 잃는다. 자유를 잃은 자의 내면은 온갖 욕망과 소음이 들끓는다. 그 소음으로 그는 타자와의 진정한 교감을 나눌 수 없고 소통을 경험할 수도 없다. 그는 그 소음으로 인해 자기 자신을 되돌아볼 수조차 없다. 그는 자신으로부터 그리고 세상으로부터 소외된 버림받은 자가 된 것이다. 이렇게 버림받은 자는 자기로부터 멀어진 자이다. 목적성에 갇힌 자는 영원히 자신에게 돌아가지 못할 것이다.

사태가 여기에 이르렀음에도 불구하고 우리는 곧잘 문제의 원인을 자신에게서 찾지 않고 바깥에 혐의를 두는 버릇이 있다. 여기서 불신이 생기고 관계는 그만큼 더 소원해지는 것이다. 모든 문제의 근원은 나의 내부에 존재하는 것. 원인을 바깥에서 찾으면 난제를 풀 수 없게 된다.

이 상태에서 가장 먼 길인 '내가 내게로 돌아가기' 위해서는 침묵 속에서 기도하는 길밖에 없다. 기도란 절대자에게 내 염원이나 갈망을 소리 내어 토로하는 것이 아니다. 그것은 침묵 속에서 절대자가 전하는 음성을 듣는 것이다.

땡감이 되자

늦가을 늦은 밤 창문 너머 감나무 가지에 주렁주렁 매달린 채 은은히 뜰을 밝히는 홍시들을 바라다본다. 마치 5촉 전구 알들 같다. 저 홍시들은 언젠가 저를 가꾸고 키워낸 줄기와 가지들을 떠나 누군가의 입속으로 달게 들어갈 것이다. 추운 겨울 홍시의 별난 맛을 즐기는 사람들은 그러나 모든 열매의 과정이 그러하듯이 홍시가 걸어온 팍팍한 한살이를 기억이나 할까.

붉게 익어 가을의 뜰을 밝히는 홍시를 보며 그가 살아왔을 한 해의 생을 떠올려본다.

동안거에 든 스님처럼 침묵으로 겨울을 보낸 감나무는 이른 봄 한 해 농사를 위해 우렁차게 수액을 빨아올렸을 것이다. 울퉁불퉁한 수피에 와서 부드러운 봄 햇살의 손이 톡톡톡 두드리고 문지르고 때리고 가면 기다리고 있었다는 듯 가지 밖으로 초록들은 병아리 같은 주둥이들을 내밀며 하늘을 향해 온통 파랗게 물들이며 재잘댔을 것이다. 이른바 줄탁감응이란 이것을 일러 말하는 게 아닌가. 아득한 졸음기를 데리고 온 아지랑이가 우련 가는 실 되어 나무의 전신을 친친 감아올리면 나무는 간지럼을 못 견뎌 하며 이파리 사이사이로 꽃망울을 피워 올렸을 것이다. 담 너머로부터 벌과 나비가 날아들어 꽃 속을 분주하게 드나들고 그런 어느 날 뜰은 낙화로 어질렀을 것이다. 그리고 그 꽃진 자리마다 새로운 생명체들이 들어앉았을 것이다. 갑자기 처음 세계와 우주를 만난 어린 열매들은 잠시 어리둥절했겠지만 이내 자신들이 살아갈 세상으로 받아들이고 허공을 향해 부지런히 발을 옮겼을 것이다. 사탕처럼 단 햇살을 쪽쪽 빨며 그들이 자라나는 동안 바람과 구름과 비가 다녀갔을 것이다. 그러나 그들 생의 행보가 마냥 순조로웠던 것만은 아니었을 것이다. 호시탐탐 기회를 노리던 그 많은 벌레들과 준비 없이 맞은 폭우와 강풍을 어찌 잊을 수 있겠는가. 생의 사립문으로 오고 가는 시간을 맞고 보내는 동안 그들 중 몇몇은 끝내 벌레를, 강풍을, 지루한 장마를 이기지 못하고 가지를 떠나 흙의 살로 돌아갔을 것이다. 이것이야말로 비명횡사가 아닌가. 그리고 살아남은 놈들은 더욱 가열차게 세상의 복판을 향해 힘찬 행진을 거듭했을 것이다.

늦은 밤, 내가 만나고 있는 저 붉은 홍시들은 그러므로 거저 얻은 수확이 아닌 것이다.

또한 여기에 한 가지 더 생각을 덧붙일 게 있다. 처음부터 홍시가 단맛을 품어오지는 않았다는 것이다. 늦봄과 여름날의 그들은 떫은맛으로 벌레를 이기고 비바람과 싸워왔던 것이다. 홍시로 가기 위해 그들은 떫은맛을 품어야 했다.

홍시의 일생이 이러할진대 우리 사람의 생이 어찌해야 하는가는 굳이 설명할 필요가 없을 것이다.

문학은 여가로 하는 일이 아니다. 그것은 자신의 온 생을 다 바쳐서 하는 일이다. 감나무 가지에 매달린 감 하나가 자신의 생의 완성을 위해 전심전력을 다하는 것처럼 문학을 위한 생도 마찬가지다. 감이 풋감에서 시작해서 땡감을 거쳐 홍시로 익을 때까지 우리가 모르는 갖은 파란만장과 우여곡절을 겪어왔음을 잊지 말아야 한다. 또한 그들이 늦은 가을날 단맛으로 생을 마감하기 위해서는 그들의 젊은 날인

봄과 여름을 떫게 살아왔다는 점을 기억해야 한다.

문학의 생은 땡감의 나이를 사는 것이다.

늦봄이나 여름날의 감이 떫지 않고 이미 달짝지근한 맛을 품고 있다면 그 감은 썩은 감이거나 벌레에 먹힌 감이다. 썩은 감이, 벌레에 먹힌 감이 가을날의 홍시로 익을 수는 없다.

그렇다면 감의 떫은맛은 인생의 무엇을 표상하는 것일까?

그것은 기성에 대한 전위요, 불온이요, 전복이요, 위반이다. 기성은 이미 낡고 오래된 것이다. 오래된 벽지처럼 기성은 고집이 세다. 낡고 오래된 기성의 것에도 물론 귀감과 모범으로 삼을 것이 없지 않겠지만 대개의 경우 그것에는 부패와 무능과 안주가 썩은 물로 고여 부글부글 끓고 있으므로 이를 거부하고 뒤집어야 한다. 흐르는 물은 쉬지 않는다.

바르고 정의롭기 위한 반항의 기질을 품고 낡고 부패한 기성을 따르거나 타협해서는 안 된다. 현상 너머의 이면적 진실에 눈뜨기 위해서는 자기 갱신을 위한 노력을 아끼지 말아야 한다. 현상이 실체를 담보하는 것은 아니다. 늪은 언뜻 보기에 깨끗해 보인다. 하지만 장대로 그 늪의 바닥을 휘저어보라. 바닥에 침전된 얼마나 많은, 썩은 것들이 수면 위로 떠오르는가. 세상은 겉으로 보면 지극히 평온하고 아늑하기조차 하다. 한밤중 서울의 도심을 보라. 얼마나 휘황찬란한가. 하지만 보이는 것이 실상의 전부가 아니다. 그 이면을 볼 줄 알아야 한다. 황홀한 현상 너머의 재앙에 대해 깊이 인식하려면 무엇보다 그 현상을 뒤집어보려는 전위와 위반과 불온의 상상력이 필요한 것이다.

시인 천양희 시편의 다음과 같은 구절도 현상 너머의 이면에 중요성을 강조하고 있어 주목을 끈다. "백화점 마네킹 앞모습이 화려하다/ 저 모습 뒤편에는 무수한 시침이 꽂혀 있을 것이다/ 뒤편이 없다면 생

의 곡선도 없을 것이다"(「뒤편」 중에서)

사람들은 마네킹의 화려한 앞면에만 주목하여 부러워한다. 그리하여 돈을 주고 그 화려함만을 사려고 한다. 하지만 마네킹의 화려함을 보여주기 위해 뒤편에는 무수한 시침이 꽂혀 있어야 한다.

현상 너머의 이면에 대한 사유는 지적 사고의 균형을 말한다. 한편에만 치우쳐 생각하지 않는 사유와 태도를 말한다. 그런데 이런 지적 사고의 균형을 위한 이면에 대한 통찰은 기성의 제도와 이념에 안주해서는 절대 그것의 실현이 불가능하다. 그것은 제도와 일상에 대한 의심과 회의로부터 비롯되기 때문이다.

또한 이것은 자동화된 인식 즉 기계적이고 관성적인 통념을 거부하는 태도이기도 하다. 대상과 세계에 대해 새로운 눈으로 바라보고 이해하려는 태도를 가질 때 부박한 현실을 극복할 수 있는 것이다. 예컨대, 관습적 인식으로 보면 '비둘기'는 여전히 자유와 평화의 표상이지만 오늘의 달라진 현실 속에서 달라진 시각과 관점으로 보면 비둘기는 더 이상 자유와 평화의 표상이 아니다. 뒤룩뒤룩 살이 쪄 날지도 못하는 그들이 취객이 토해놓은 밥알을 경쟁적으로 쪼아 먹는 것을 볼 때면 구역질이 난다. 그것은 이미 굴욕이며 더럽고 치사한 욕망이다. 그것은 자본의 논리에 포박되고 종속된 채 나날을 구차하게 연명하는 현대인의 초상이기도 하다. 이처럼 현실 변화에 따른 탄력적 대응으로서의 감각과 인식을 지닐 때 우리는 당면한 시대 현실적 과제를 옳게 파악, 이해함과 아울러 그 극복 방안을 모색해나갈 수 있을 것이다.

나의 시에 대한 관점이 이와 같을진대 실상 써내는 시편들을 보면 지리멸렬하기 짝이 없어 자괴감이 들지 않을 수 없다. 이상과 현실의 괴리가 가져다주는 부끄러움과 괴로움이 이만저만이 아니다.

또 오늘 할 일을 내일로 미루고야 만다. 내일은 부디 내 시가 보다 건강하고 싱싱하길 바란다. 바람이 분다. 더욱 열심히 살아가야겠다.

모든 꽃과 그늘은 젊다

오래된 수령의 나무가 꽃을 피우는 것을 본 적이 있다. 온통 피부는 검붉게 그을려 쩍쩍 갈라지고 속은 텅 비어 수액을 빨아올릴 힘조차 잃었는지 뿌리로부터 가장 먼 가지 몇몇은 물기가 완전 휘발되어 앙상하게 삭정개비가 되어가고 있는 노년의 나무가, 커다란 줄기에서 뻗어 나온 가지 끝에 분홍꽃 서너 송이를 가까스로 피워놓고는 수줍은 자태로 서 있는 것을 보고 나는 절로 탄복을 아끼지 않았다. 바람결에 실려간 향기를 맡고 날아왔는지 풍문을 듣고 왔는지 서너 마리 나비 다가와 하늘하늘 날개를 흔들며 겁도 없이 꽃송이의 몸을 열고 있는 것이 아닌가.

오래된 수령의 나무는 몸 둘레가 어찌나 넓은지 어른의 팔로 두 아름도 넘어 보였다. 자연 드리운 그늘의 평수가 넓고도 깊었다. 그 그

늘 속으로 부은 발등들이 오래 머물다 갔다.

모든 나무가 피우는 모든 꽃은 젊다. 모든 나무가 드리운 모든 그늘은 다 푸르고 싱싱하다. 늙은 나무가 피우는 꽃과 젊은 나무가 피우는 꽃에 무슨 큰 차이가 존재하겠는가. 늙은 나무가 드리운 그늘과 젊은 나무가 드리운 그늘에 무슨 큰 다름이 있겠는가.

사람이라고 크게 다를 수 있을까. 흔히, 노인들이 품는 사랑의 감정을 추하게 여기는 풍조가 있는데 그것은 심히 잘못된 것이다. 사랑의 감정에는 노소남녀가 없다. 그것이 자연의 진리요 법칙이다. 감정은 늙지 않는다. 주름 많은 몸이라고 해서 왜 욕망이 없겠는가.

늙은 나무가 피우는 둥글고 환한 꽃 속에 노니는 나비들의 모습이 억지스럽거나 어색하지 않듯이 아직 식지 않은 열정을 가지고 세상을 사는 노인의 모습은 충분히 아름답고 젊다. 사랑에 대한 편견과 통념을 버리자.

농사는 나라 살림의 근간이다

나는 힘든 일을 마치고 밥을 먹을 때 고영민 시인의 시「공손한 손」
을 떠올린다.

추운 겨울 어느 날
점심을 먹으러 식당에 들어갔다
사람들이 앉아
밥을 기다리고 있었다
밥이 나오자
누가 먼저랄 것 없이
밥뚜껑 위에 한결같이
공손히
손부터 올려놓았다

— 고영민, 시,「공손한 손」전문

또, 나는 생일이거나 기제사가 있는 특별한 날 밥을 먹을 때, 동학에서 나오고 지금은 도농 비영리 생활협동조합 '한살림'의 캐치프레이즈이기도 한 '밥이 하늘이다'라는 말을 떠올리기도 한다. 사람의 한평생이 '밥'과 연관되어 있다고 여겨지기 때문이다.

숟가락을 엎어놓으면 그 형상이 무덤 같다. 생사의 거리가 이만큼 가깝고 멀다. 숟가락을 엎는 날 죽음이 마중오리라. 밥사발을 엎어놓으면 이것 역시 그 형상이 무덤을 닮았다. 죽음이란 밥사발을 엎어놓는다는 뜻이리라.

한 사발의 밥이 얼마나 중한지 건강할 때는 잘 느끼지 못한다. 습관처럼 때마다 삼시 세끼 챙겨 먹고 사니 밥 먹는 일이 당연지사라고 여기기 쉽다. 그러다가 몸이 아파 눕게 되어 밥 한 끼 먹는 일이 형벌같이 고통스러울 때에 이르러서야 밥이 얼마나 중한지를 절실하게 깨닫게 된다. 병원에 가면 얼른 누운 자리 박차고 일어나 김이 모락모락 피어오르는 밥 한 그릇 깨끗이 비우기를 소원하는 이들이 적잖다.

옛말에 '얼굴 반찬'이라는 말이 있다. 밥은 혼자 먹기보다 여럿이 둘러앉아 먹어야 맛이 있다는 말이다. 왜 안 그렇겠는가? 다른 건 몰라도 밥만큼은 여럿이 둘러앉아 흥성흥성 즐기는 것이 제 격이요, 제 맛이다. 혼자 먹는 밥처럼 청승맞은 일도 없다. 예전의 밥상들은 대개가 두레밥상인 게 많았다. 둘러앉아 먹으라는 뜻이 담겨 있었던 것이다. 그러나 요즘들은 사각인 밥상이 더 흔하다. 둘러앉고 싶어도 앉을 수가 없다.

'밥은 하늘이다'라는 말처럼 '밥'은 신성한 것임에 분명하지만 밥을 얻는 과정은 저마다 다르다. 신성한 뜻을 지닌 '밥'을 얻기 위해 성실, 근면, 정직하게 밥을 구하는 이들이 있는 반면에 자기 자신과 이웃을 속이고 심지어 타자에게 눈물과 고통을 안기거나 떠넘긴 대가로 구차

하고 비굴하게 구하는 밥도 있다. 밥에도 값과 격이 있듯이 밥에 이르는 과정에도 값과 격이 있는 것이다. 한평생을 살면서 먹는 밥인데 기왕이면 밥 앞에 부끄러운 얼굴이 되어서는 안 될 것이다. 가축이 사료를 삼키듯, 기계가 연료를 채우듯 밥을 취한다면 그는 밥 앞에 죄를 짓는 자이리라. 밥을 구하는 과정에 부끄러움이 적어야 밥의 격과 값이 빛날 수 있다.

밥은 그동안 내게 이러저러하게 삶에 대한 사유를 안겨다 주었다. 밥은 내 생활의 신앙이었던 셈이다. 그런데 이처럼 귀한 의미와 가치를 지니고 있는 '밥'이 최근 들어 모욕과 수난을 겪고 있어 걱정이 아닐 수 없다. 정부가 밥쌀용 쌀을 수입하겠다고 나선 것이다.

나라 일을 하는 분들은 곧잘 효용성을 들먹일 때가 많다. 이때 동원하는 논리가 비교우위론이다. 가령 비싼 공산품을 내다 팔고 값싼 농산품은 외국에서 사다 먹는 게 유리하다는 논지가 그것인데 이것은 매우 위험한 논리다. 농산품은 상황 변화에 따라 생활의 무기가 될 수 있다. 오늘은 싼값에 거래되다가도 내일에 가서 열 배 스무 배 천정부지로 값이 뛰어오를 수 있는 게 외국의 농산물이다. 손해만 보아온 농사꾼이 농사를 저버린 상태에서 예의 우려가 무서운 현실로 닥쳐온다면 미래의 국민이 그 손해를 고스란히 감당해야만 하는 것이다. 농사는 모든 산업의 토대라 할 수 있다. 당장의 효용성만을 고집하여 나라 살림의 근간을 흔들고 있는 그들로 인해 우리의 미래가 암담해지는 일이 없도록 미연에 이를 막아야 한다. 왜냐하면 이것은 개인의 일이 아니라 나라 전체의 일이기 때문이다.

3.

한 컷의 모놀로그

도회지에 오래 살다 보니 진한 어둠이 그리울 때가 있다

왜 있지 않은가 광 속처럼 한 치 앞도 분간키 어려운, 캄캄한, 그 원색의 어둠이
뜬금없이 울컥 사무칠 때가 있는 것이다

도시의 어둠은 지쳐 있다 오래 입은 난닝구처럼 너덜너덜하고 빵꾸가 난 곳도 있다

밤마다 휘황찬란한 불빛에 쫓긴 어둠들은 어디에서 유숙하는 것일까

—「어둠이 그립다」전문

울퉁불퉁한 시골길을 걷는다

두근두근 길도 내가 그리웠나 보다

이제사 알겠다

내가 시골길에서 자주 넘어지는 이유

— 「시골길」 전문

시골의 어둠과 길이 그립다

　서울에 살림을 부리고 산 지 어느새 서른 해가 넘어가고 있다. 도시 문명의 일원으로 정신없이 살다 보니 뜬금없이, 도시로 편입되기 전의 느슨하고 태만했던, 농경적 삶이 간절하게 그리울 때가 있다. 물론 내 몸은 이미 도시의 소음에 이미 정이 들은 데다 길들여져 어쩌다 산사같이 적막한 곳에서 하룻밤 유숙이라도 할라치면 외려 쉽게 잠들지 못해 전전반측하기 일쑤다. 그러니 내가 예전의 조용한 삶을 새삼 그리워하는 것은 어쩌면 관념의 유희일지도 모를 일이다. 그것을 익히 잘 알면서도 불쑥불쑥 도지는 탈주에의 욕망 혹은 본향에의 그리움은 어인 일인가.
　현대인들이 일부러 짬을 내 오지를 여행하거나 탐험하는 것은 지금과는 다른 시간대를 누려보기 위함일는지 모른다. 우리가 사는 시대를 흔히 '광속의 시대'라 일컫는다. 이 과장된 말은 무한 경쟁 속에서 촌음을 다투며 살기 때문에 생겨난 말일 것이다. 이렇게 어지러운 생활의 궤도를 벗어나 시간의 흐름을 감지하지 않아도 되는 여유와 낭만을 맛보기 위해 그렇게 비싸게 비용과 힘을 들여 오지를 찾는 것이 아닐까. 요컨대 공간 이동을 통해 다른 시간대를 체험하고 싶어 행하는 것이 이러한 유의 여행이 아닐까 하는 것이다.
　도회지 어둠은 지쳐 있다. 그것은 마치 오래 입은 러닝셔츠같이 군데군데 구멍이 나 있고 노숙자들처럼 피로와 권태에 쩌들어 있다. 이

처럼 도회지 어둠이 혈우병 앓는 여인처럼 파리하게 병색이 완연한 것
은 밤 내내 폭력을 방불케 하는 소음과 불빛으로 인해 불면의 고통을
겪기 때문일 것이다. 더러 가다가 밤늦게 귀가할 때 나는 이처럼 널브
러져 있는 도회의 어둠을 일부러 눈여겨보게 될 때가 있는데, 그럴 때
마다 참으로 안쓰러운 감정이 들지 않을 수 없다. 도회지 길들 또한 도
회지 어둠 못지않게 아니, 그 이상으로 지쳐 있기 일쑤다. 수면 부족
으로 탄력을 잃은 길들의 부숭부숭 부어 있는 몰골이라니! 따지고 보
면 이들 도회지 어둠과 길들은 모두 광포한 시간의 피해자들이 아닐 수
없다. 도회지 밤은 일상성의 차원에서 낮과 큰 차이가 없기 때문이다.

이에 반해 시골길은 언제 보아도 싱싱하고 풋풋하다. 이두박근을
자랑하는 길들. 이들이 이렇듯 늙지 않고 젊게 살 수 있는 것은 숙면
덕택이다. 시골길은 밤이 오면 낮 동안 마을과 마을, 읍내까지 다녀오
느라 먼지로 두꺼워진 몸을 서늘하게 달빛에 맡기고 온갖 짐승, 새소
리 끌어들여 굳어진 근육을 푼다. 그리고는 밤이 이슥해지면 별이, 깨
알 같은 별들이 소복이 내려 쌓이고 산골짝을 흘러내리는 물소리가 빗
자루 되어 일과의 고역을 쓸어내린다. 그 사이 길은 잠꼬대 한 번 없
이 긴 잠을 곤하게 잔다. 잠자는 동안 길 안과 밖의 경계는 지워지고,
천상의 것들은 지상에 내려와 하나가 된다. 그리하여 이튿날 새벽이
슬이 톡, 톡, 톡 이마를 치면 투덜대며 일어나 저를 밟으며 또 하루를
살아낼 이들을 위해 길은 기꺼이 길이 되는 것이다.

칠흑같이 어둠이 빼곡하게 들어차 한 치 앞도 분간키 어려운 길을
걷다가 하늘을 올려다보면 무리 지어 피어오른 별꽃들이 현란하여 어
지러울 지경인 시골의 밤길을 걷고 싶다. 그런 날은 은륜을 굴리며,
산의 팔 부 능선쯤을 기어오르는 달의 숨소리가 손에 잡힐 듯 환하게
들려올 것이다.

두꺼운 책으로 남은 사랑

어제 저녁 달갑지 않은 감기 기운이 찾아와 약을 챙겨 먹고 일찍 잠자리에 들었는데 낡은 필름처럼 이어졌다 끊어지고 이어졌다 끊어지기를 반복하는 어지러운 꿈에 시달리다 깨어났습니다. 갈증이 자꾸 보채고 시켜 물을 마시려고 나가는 길에 벽시계를 올려다보니 새벽 한 시이더군요. 꿈길밖에 길이 없어 이제 당신은 그렇게 꿈으로나 찾아와 나를 울리곤 합니다. 당신을 떠올리면 당신 떠나온 지 십 년이 넘은 세월인데도 여전히 명치끝이 타는 듯 아프고 쓰라립니다. 십 년 전 당신을 떠나는 일은 수만 평의 진흙밭에 들어선 구두처럼 내겐 너무 힘들고 벅찬 일이었습니다.

모든 회한은 돌이킬 수 없을 때에야 찾아오는가 봅니다. 영화처럼 소설처럼 아름답고 환하게 헤어지고 싶었는데 현실은 그런 내 소망과 의지를 허락하지 않았습니다. 현실 안에서 대부분 이별의 색깔은 칙칙하고 무겁고 어둡기 마련인가 봅니다. 그것이 목에 걸린 가시처럼 내내 마음에 남아, 나날이 지리멸렬한 일상 속으로 불쑥 당신의 얼굴이 찾아올 때마다 꼭꼭 찔러대고 있습니다.

그러나 생각해보면 모두가 잘된 일입니다. 십 년이면 끝이 벌어져 시뻘겋게 성이 나서 날이 선 상처도 어지간히 딱지가 지고 아무는 세

월이지요. 상처가 남기는 하지만 그것은 절대 생의 굴욕이 아닙니다. 비록 내게 준비할 시간도 주지 않고 떠난 당신이어서 무척 당혹스러웠고 그래서 원망하면서 갑자기 큰비로 불어난 도랑물 속 치어처럼 갈피 없이 감정의 폭풍에 휩쓸려야 했었지만 어쨌든 요란했던 큰비는 왔으니 가게 마련이었고 흙탕물 일던 도랑물도 가라앉아 예전의 고요와 평화가 찾아왔으니 말입니다. 내게로 왔던 것들은 언젠가 다 가게 마련입니다. 젊은 날은 내게로 오는 것들만 눈에 띄더니 이제는 내게서 멀어지는 것들이 눈에 더 자주 밟힙니다. 더 이상 내가 세계의 중심이 아니라는 뜻이겠지요.

　나는 가끔 당신의 오늘을 떠올려보며 많이 궁금해합니다. 어떻게 변해 있을까? 지금 하는 일은 무엇이고 어디에 살고 있을까? 결혼 적령기를 넘겼으니 결혼은 하였을 것이고, 그렇다면 아이는 몇을 두었을까? 남편은 무얼 하는 사람일까? 또 전공을 살려 작곡은 계속하고 있는 것일까? 아니면 제도적 일상의 굴레에 갇혀 푸른 꿈을 접은 것은 아닐까? 등등. 누구나 헤어진 자신의 연인에게 한 번쯤 품었음 직한 궁금증을 나도 가져보곤 합니다. 내가 당신을 떠올리는 것처럼 당신도 가끔은 나를 떠올리며 지난날을 그리워하고 있는지 그것도 궁금

하군요. 때 묻고 낡은 생각이라 나무라셔도 이것만은 어쩔 수 없어요. 저라고 특별한 사람은 아니니까 말입니다.

어디에서 무엇을 하고 살든지 마음 편하고 건강하게 잘 지내시기 바랍니다.

내 나이 서른여덟이었을 때 스물한 살인 당신이 불쑥, 내 생애 속으로 들어왔지요. 우리가 처음부터 사랑의 감정에 빠진 것은 아니었습니다. 당신과 나 사이엔 일정한 심리적 거리가 있었습니다. 선생과 제자라는 그 흔하고 낡아빠진 상투적 관계 때문만은 아니었습니다. 나는 당시 그날이 그날 같은 생활에 슬슬 꾀가 나고 때가 끼고 권태가 찾아와 생에 의욕을 잃어가는 위태위태한 기혼자였고, 당신은 산간마을에 내린 첫눈 혹은 갓 쪄낸 떡살처럼 눈부신 생의 주인공이었습니다. 당신이 걸어가면 세상의 모든 길들이 스스로 몸을 열어 당신을 끌어들였지요. 세상의 사물들은 당신으로 하여 더욱 환하고 맑고 투명하였습니다.

당긴 줄처럼 팽팽하던 처음의 심리적 거리는 자주 만나면서 점차 무화되고 거리가 결핍되는 관계에까지 이르게 되었습니다. 당신이 내게 매우 적극적이었고 공격적이었고 열정적이었습니다. 난 그런 당신이 좋으면서도 두려워 늘 수세적이고 방어적이었지요. 당신에게는 늘 가을날의 코스모스 향기가 번져왔습니다. 하지만 알량한 도덕이 당신에게서 나는 그 알싸한 향기에 가까이 다가가는 것을 망설이게 하였습니다. 그해 봄날 강의 하류처럼 낮게 선율이 흐르던 신촌의 어느 카페에서 당신은 내게 말했지요. 당신의 첫사랑이 바로 나라고! 볼에 홍조를 띠우며 수줍은 듯 작고 여리게 말했었지요. 아아, 그날의 그 황홀감을 어찌 잊을 수 있을까요?!

마음속으로 번개가 치고 천둥이 울던, 이어 찾아온 까닭 없이 죄스러웠던 그날의 감정을!

당신은 '작곡과' 전공답게 음악에 늘 심취하곤 했지요. 하지만 그 방면에 무지한 나로서는 당신의 기호와 취향에 적절히 장단을 맞춰주지 못했습니다. 따로 시간을 내어 공부를 하고 싶었지만 가혹한 생활은 그것을 허락하는 데 매우 인색하였습니다. 아닌 게 아니라 그 당시 나는 좀 과장을 섞어 말하면 오줌 누고 그것 털 시간도 없이 바쁜 일상을 살아내고 있었습니다. 벨트컨베이어 위에 놓인 물건처럼 순환 반복의 지루한 일상을 전쟁처럼 치러내고 있었으니까 말입니다. 그런 이유로 당신과 나는 사소하지만 나름으로는 심각한 갈등을 겪기도 하였습니다. 지금처럼 핸드폰이 일반화되지 않은 시절이라서 우리는 주로 '삐삐'로 서로의 안부를 확인하곤 하였습니다. 하루에 많을 때는 열 번도 더 넘게 오는 당신의 '삐삐'에 나는 일일이 응답을 줄 수 없었고 그것이 당신의 마음을 분하게도 상하게도 했던 것 같습니다. 추운 겨울밤 내게 음성을 남기기 위해 공중전화 박스 앞에서 십 분을 넘게 발을 동동 구르며 줄이 줄어들기를 기다리기도 하였다고 당신은 말했었지요. 눈에 콩깍지가 씌었는지 내게 참 열중하였던 당신이 싫지 않았지만 까닭 없이 두려웠던 것도 사실이었습니다. 어차피 당신은 언젠가 나를 떠날 사람이니 너무 깊이 정을 주지 말자고 비겁하게 얄팍한 계산을 하였던 것도 사실이었습니다. 그러나 사람의 일은 사람의 뜻과 각오와는 엇나가게 되는 게 훨씬 더 많은 법입니다. 나라고 별수 있었겠습니까? 나 또한 각오와는 다르게 서서히 당신에게 중독되어 갔습니다.

나는 당신이 내게 오래 머물기를 바라면서 동시에 나를 빨리 떠나기를 바라는 상반된 이중적 감정에 시달렸습니다. 단둘이 만나기보다 여러 문인들 앞에서 당신을 만나온 것도 그런 이중적 감정과 무관하지 않았습니다. 나는 두려웠던 것입니다. 당신으로부터 도피를 바라면서도 끝없이 당신에게 빨려드는 그 감정의 주름과 겹이 두려웠던 것입니다. 어쩌다 당신을 만난 날 밤 아홉 시를 고비로 내쫓듯 당신의 등을 떠민 것도 사실은 그런 속내 때문이었습니다.

만나서 밥을 먹고 음악을 듣고 영화를 보고 술을 마시고 더러 짧은 여행을 했던 너무도 흔해빠진 진부한 그날의 일상들이 그러나 지금에 와서는 얼마나 귀하고 값진 시간들이었는지. 흔히들 나이가 들면 추억의 힘으로 산다고 합니다만 내게 있어 당신과 함께 했던 그 황금 시간들이야말로 지금까지 그래왔듯 앞으로도 계속 여생에 걸고 진한 거름이 될 것입니다. 아내에게는 참으로 천벌을 받을 일입니다만…….

아내 이야기가 나와서 하는 말인데 당신이 모르는 일이 하나 있습니다.

당신이 별리를 통고해오던 날 삐삐에 남은 당신의 음성을 들으려고 전화기를 들다가 사건이 터지고야 말았습니다. 아내가 당신의 음성을 듣게 되었던 것입니다. 아내는 안방에서 누군가와 통화하려고 전화기를 들었는데 공교롭게 같은 시간에 나는 당신의 음성을 들으려고 내 서재에서 전화기를 들다가 그리 되었던 것입니다. 나는 물론 각오를 하고 있었지만 아내의 반응은 전혀 뜻밖이었습니다. 화를 내는 대신 횟집에 전화를 걸어 회 한 접시와 맥주를 시켜 마시게 하는 것이었습니다. 그런 다음 낮게 가라앉은 톤으로 아내가 다니는 교회에 적어도 2년 이상 다녀야 한다고 말했습니다. 그리하여 그 다음 주부터 나는 꼼짝없이 이 년 동안 한 주도 거르지 않고 교회를 다녀야 했던 것입니다. 이 얼마나 우습고 어이없는 일입니까? 하지만 따지고 보면 슬픈 일입니다. 물론 2년이 지나고부터는 교회에 나가지 않게 되었지만……. 비록 불순한 동기로 교회 생활을 시작하였지만 믿음만 생기면 계속 다니려 하였습니다. 그러나 그게 쉽지 않았습니다. 다 지난 일입니다.

당신과의 아프고 아름다웠던(당신과 부디 생각이 일치하기를!) 추억은 나중에 시가 되었습니다. 그 시편들은 이미 간행된 시집 속에 수록되었습니다. 당신에게 책을 보내고 싶었지만 당신이 학교를 졸업한 이후로는 주소를 알 길이 없어 그러하지 못했습니다.

나는, 예전에 당신이 늘 만날 때마다 내게 누이처럼 잔소리하며 걱정한 술의 늪에서 아직 헤어나지 못하고 있습니다. 하지만 주량은 전 같지 못합니다. 늦은 밤 술에 취해 택시를 타고 집으로 올 때 문득문득 당신의 풋풋하고 명랑한 얼굴이 눈에 밟혀옵니다. 죽기 전에 한 번이라도 소식이 오면 좋겠다는…… 부질없는 소망도 가져봅니다.

한 하늘을 지고 사는 날이 갈수록 줄어들겠지요?

어디에 살든 행복하고 건강하게 사시길 바랍니다.

모든 사물이 당신을 통해서만 의미가 있고 가치가 있었던 그 시절을 잊지 않을 것입니다.

안녕! 눈 초롱초롱한 사랑이여!

그네 타기

술 취한 날 밤이면 집으로 걸어오다가 더러 어린이 놀이터에 가 그네에 앉아본다. 그네에 앉으면 잠시 순한 아이가 된다. 누군가를 사심 없이 밀어주던 날들이 떠오른다. 내가 밀어주던 이들은 모두 나를 떠났지만 그네는 남아 그네들을 잊지 않게 해준다. 인생은 그네 타기다. 발판을 굴러 공중으로 솟구칠 때는 줄에서 손을 놓지 말아야 한다. 얼마나 많은 날들을, 줄을 놓치고 바닥으로 떨어져 나뒹굴었던가? 하지만 시절의 아픔도 훗날 추억이 되어 살아갈 힘이 되기도 한다. 아이들 없는 어린이 놀이터 흐린 달빛 아래 철 덜 든 중늙은이 하나 기쁨인 듯 슬픔인 듯 그네를 탄다.

두부가 둥그런 원이 아니고
각이 진 네모인 까닭은
네모가 아니라면 형태를 간직할 수 없기 때문
저 흔한 네모들은
물러 터진 속성을 감추기 위한 허세다
언제든 흐물흐물 무너질 수 있는 네모
너무 쉽게 형태를 바꿀 수 있는 네모
가까스로 네모를 유지한 채
행여 깨질까 조심스러운 네모
제가 본래 단단하고 둥근 출신이라는 것을
까맣게 잊어버린 네모
우스꽝스러운, 장난 같은 네모
자가 진짜 네모인 줄 아는 네모
언제든 처참하게 으깨어질 수 있는 네모
둘러보면 그런 두부 같은 네모들이 얼마나 많은가

—「두부에 대하여」 전문

논두렁 밭두렁 출신들

시골 출신 중에 논두렁 밭두렁 출신들이 있다. 아래와 같은 사정 때문에 생겨난 이들이다.

지식백과에 의하면 여우라는 동물은 행동이 민첩해서 금방 눈앞에 나타났다가 눈 깜짝할 새 가뭇없이 사라져버린다. 예상치 않게 홀연히 나타났다가 사라지는 여우처럼, 여우비는 햇볕이 난 날에 잠깐 흩뿌리다가 마는 비를 말한다. 지역에 따라서는 여우비가 내리는 것을 '호랑이 장가간다'고 말하기도 한다.

한여름 논에서 김을 매는 지아비에게 주려고 오후 새때 새댁이 광주리에 샛밥을 이고 가다가 뜻밖의 여우비를 만날 때가 있는데 이때 베적삼이 젖어 살갗이 훤하게 드러나게 되는 바람에 그걸 보고 다급해진 젊은 지아비가 그만 충동에 못 이겨 새댁을 논둑 미루나무 밑으로 쓰러뜨리게 되고 그로부터 열 달 뒤 태어나게 된 이들이 바로 논두렁 밭두렁 출신들이다.

그런데 절기상 소서나 대서 때 논두렁 밭두렁에 심겨져 자라는 것들이 있다. 완두콩, 강낭콩, 검정콩, 서리태, 밤콩 등속이다. 깍지 속에는 고만고만한 것들이 자라고 있다. 콩들에게 깍지는 한 가정의 울타리이다. 콩들은 한집에서 자라는 형제요, 자매들이다. 이들은 덩치가 커지면서 가정이, 집이 답답하다. 얼른, 깍지 즉 울타리를 벗어나 멀리 나가 살고만 싶다. 그리하여 다 여문 뒤에 다투어 꼬투리를 열고 튀어 나간다. 하지만 콩들은 튀어 나가기가 무섭게 커다란 손에 이끌려 자루에 담겼다가 이윽고는 뜨거운 물이 끓는 가마솥에서 형태가 뭉개져 곤죽이 된다. 본래의 둥글고 단단한 개성을 버리고 흐물흐물, 개성 없는 각으로 태어나 식당이나 가게로 팔려 나간다. 마침내 음식이 되어 사람의 입속에 들어가 씹히는 생이 되는 것이다. 논두렁 밭두렁에서 태어나 자란 콩이 두부가 되어가는 과정은 영락없이 시골 출신들의 굴곡진 인생을 닮았다.

네모의 각을 지닌 두부는 허세를 부리는 우리의 모습과 유사하다. 그러나 그 허세는 얼마나 근거가 허약한가. 살아가기 위해 본래의 성정을 버리고 우스꽝스럽게 가짜 생을 연출해야 하는 너와 나는 현대판 꼭두각시요, 광대인지도 모른다.

바깥에서 시끄러운 하루를 보내고 돌아와 저녁 식탁 앞에 앉아 아내가 차려주는 가난한 소찬들을 둘러보다가 사발에 담긴 묵을 본다. 이 쓸쓸한 맛의, 물컹한 고동의 색은 어디서 왔는가. 나는 곰곰, 상수리나 도토리들이 묵이 되기까지의 간단치 않은 이력을 떠올려본다. 비바람과 벌레를 견디고 이겨 차돌처럼 단단해진 상수리나 도토리들의 형상은 어딘가, 동글납작한 남도의 얼굴들을 닮아 있다. 나는 또, 이것들이 가지를 떠난 후 뭉개지고 녹아서 쓰고 떫은맛을 내려놓고 한 덩어리 담백한 살처(殺)이 될 때까지 누구의 귀에도 가닿지 못했을 소리 없는 절규와 비명을 떠올려본다.

농경제 사회의 적자로 태어나 산업사회 그리고 후기 자본주의 사회에 강제적으로 편입된 채 살아가야 하는 콩과 상수리와 도토리 출신들이 두부와 묵이 되어 살아가는 슬픈 현실을 떠올리자니 불현듯 목과 가슴이 먹먹해진다. 젓가락 숟가락 앞에서 속수무책인 것, 어찌 저녁 식탁의 두부와 묵뿐이겠는가.

세상의 모든 꽃들 생산에 저리 분주하고
눈부신 생의 환희 앓고 있는데
불임의 여자. 내 길고 긴 여정의
모퉁이에서 때 묻은 발목 잡고
퍼런 젊음이 분하고 억울해서 우는 내 여자.
노을 속 찬란한 비애여
차라리 피지나 말걸 감자꽃
꽃피어 더욱 서러운 여자

―「감자꽃」 중에서

감자꽃에 대하여

시골에 사는 친구로부터 감자 한 포대를 선물로 받고 나서 한동안 우리 식구는 감자*가 주식이 되었다. 삶아도 먹고, 튀겨도 먹고, 된장국에 넣어 먹고, 국 끓여 먹고, 조림, 수제비, 탕으로 먹고, 밥으로 해먹고, 전으로 부쳐 먹고 있는 중이다.

감자를 자주 먹게 되면서 자연 이것저것 감자에 대한 생각이 잦아지게 되었다. 그 가운데 오늘은 꽃에 대한 생각만을 피력하고자 한다.

이 세상의 모든 꽃들은 꽃을 피우는 목적이 있다. 종족 보존의 본능이 꽃을 피운다. 꽃은 그러므로 생물(꽃나무 혹은 식물)의 생리 현상이라고 할 수 있다. 대개의 꽃들이 붉은 것에는 나름의 이유가 있다고 본다(물론 이는 과학적 근거와는 아무런 상관없는 나만의 상상이다). 다소 엉뚱한 발상일런지 모르겠으나 나는 그것이 생리적 아픔을 색깔로 표현한 것은 아닐까 하고 생각해보는 것이다. 꽃이 피고 진 자리에 열매가 생긴다. 그 열매 속에는 씨앗이 들어 있다. 이 씨앗은 지상에

---

* 가지과의 다년초. 세계 각지에서 많이 재배되는 식용 작물의 한 가지. 줄기 높이 60~100cm 초여름에 흰빛 또는 자줏빛 꽃이 핌. 땅속의 덩이줄기를 '감자'라 하는데 전분이 많아 널리 식용으로 사용되며, 알코올 원료 등으로 쓰임. 본디 말은 감저甘藷. 일명 마식서馬食薯, 북감저北甘藷라고 함.

뿌려져 다음 해에 싹을 틔우고 싹이 자라 한 그루의 나무 혹은 한 포기의 식물이 된다. 한 생명체는 나서 자라고 죽고 다시 태어나는 순환의 반복을 거듭한다. 요컨대 지구 안의 생명체는 유구한 생명의 유전 법칙을 거듭해온 것이다.

하지만 감자꽃은 다르다. 감자꽃은 꽃이 지고 나서도 열매가 생기지 않는다. 열매가 없으니 씨앗이 있을 리 없다. 씨앗이 없으니 감자는 씨앗으로 다시 태어나지 못한다. 따라서 감자라는 생명체를 우리가 계속해서 보존하고 유지하려면 씨앗 대신 씨감자를 따로 묻어두었다가 심어야 한다. 그래야만 다음 해에도 영양 만점의 굵고 실한 감자를 만날 수 있는 것이다.

감자꽃은 두 가지 색깔을 지니고 있다. 대개의 꽃들이 붉은색이 아니면 노란색 일색인데 반해 감자꽃은 그런 일반적인 색깔로부터 벗어나 있다. 감자꽃은 자주색 아니면 하얀색이다. 그런데 아주 재미있는 것은 자주색 꽃을 피우고 있는 감자는 자주색 감자알을 땅속에 묻고 있고, 하얀색 꽃을 피우고 있는 감자는 하얀색 감자알을 땅속에 묻고 있다. 권태응의 동시 「감자」는 이러한 감자의 생태에 착안한 것임을 알 수 있다. "자주색 감자는 캐보나 마나 자주색 감자/ 하얀색 감자는 캐보나 마나 하얀색 감자" 이 동시는 우리에게 경험 현실을 재확인시켜주는 기쁨을 안겨준다. 여기에는 자연의 절묘한 이치가 들어 있다. 자주색 꽃의 감자알이 자주색이고 하얀색 꽃의 감자알이 하얀색이라는 자연의 이치는 자연현상 가운데 그리 흔한 것은 아니다. 모든 열매나 알맹이가 꽃의 색깔을 닮지는 않기 때문이다.

그런데 여기서 내가 말하고자 하는 것은 감자의 생태에 관한 것만이 아니다. 감자의 생태를 통해 감자 너머의 그 무엇을 생각해보고자 하는 것이다.

감자꽃과 유사한 사람의 경우를 생각해보기로 하자. 서로 다른 현상이나 사물 간의 유사성을 토대로 표현과 진술이 이루어지는 경우를 시문학에서는 비유의 원리라 한다. 말하자면 나는 지금 비유의 원리를 적용하여 감자꽃과 가장 유사한 사람의 경우를 상정해보고자 하는 것이다.

감자꽃과 닮은 사람에는 누가 있을까? 감자꽃은 생산과는 무관한 꽃이고 그 꽃의 빛깔은 자주색 아니면 하얀색이다. 여기까지 생각하고 보니 저절로 나는 이 꽃이 애를 낳지 못하는 여자의 비애로 다가온다. 전통적으로 하얀색은 비애의 정조를 표상해왔고, 감자꽃은 씨앗과 무관하게 피었다 지는 꽃이기 때문이다. 애를 낳지 못하는 여자는 불행하다. 자발적 의지가 아닌 어쩔 수 없이 주어진 천형으로 인해 생긴 불임이기 때문이다. 모든 생물체는 생물학적 본능에 충실할 때 아름다워 보이는 법이다. 성숙한 여인이 본인의 간절한 염원에도 불구하고 임신과 수유가 가능하지 않다면 그것이야말로 불행이 아닐 수 없다.

지난해 나는 남도 여행을 다녀오던 길에 차창 밖 노을 속 비탈 밭에 피어 있는 감자꽃들을 우연히 일별한 적이 있다. 그때 감자꽃이 문득 아름다운 비애로 다가온 것은 그 꽃에서 내가 알고 지냈던, 먼 친척 여인의 불임을 연상했기 때문이다. 세계와 현상에 대해 낙관과 긍정보다는 부정과 비극의 인식에 익숙한 것이 시인의 저주받은 숙명관인지 모르겠으나 내게는 밝고 경쾌한 것보다 어둡고 쓸쓸한 것에 먼저 마음의 눈이 가닿는 못된 습성이 있다. 감자꽃은 아름다웠다. 노을을 받아 안은 감자꽃은 원인을 알 수 없는 애수의 감정을 자극하였다. 세상에는 아름답기에 슬픈 것들도 있는 것이다. 서양 속담처럼 슬픔은 생의 지혜를 안겨주기도 한다. 그러기에 모든 실존의 깊이는 슬픔에서 비롯하는 것인지 모른다.

밥과 숟가락에 대한 명상

밥집에 앉아 시킨 밥이 나오기를 기다리는 동안 상 위에 놓인 숟가락을 골똘히 들여다본다. 반들반들 윤이 나는 게 제법 연륜이 들어 보인다. 숟가락을 맨 처음 세상에 내놓은 이는 누구일까. 필요는 발명을 낳는다. 먼 옛날 우리 조상들은, 당신들이 지어낸 고유 음식을 위생적으로 먹기 위해 거듭된 시도 끝에 마침내 숟가락과 젓가락이라는 유용한 도구를 만들어냈을 것이다. 이것은 언뜻 사소해 보일지 모르나 두고두고 생각해볼수록 위대한 지혜가 아닐 수 없다. 사람들이 의식하지 않아서 그렇지 사실 위대한 지혜일수록 평범한 일상 속에 감춰져 있는 경우가 많다.

숟가락을 들어 앞뒤를 살펴본다. 그러나 어디에도 출생 연도나 출신지가 적혀 있지 않다. 나와는 초면인 이 숟가락을 다녀간 손들이 얼마나 될까 생각해본다. 화려하진 않지만 나름 소문난 음식점의 밥상에 놓인 숟가락이니 이루 셀 수 없는, 단골에다 뜨내기의 손과 입이 다녀갔을 것이다. 이 지극히 평범한 숟가락 하나가, 이미 저를 다녀간 과거의 그 많은 중생들과 현재의 나를 보이지 않게 이어주고 있다는 생각을 하니 새삼 눈앞의 숟가락이 예사롭게 보이지 않고 사람과 사람의 연을 맺어주는 인과의 고리로 보인다. 나아가 그것이 생물체이든 무생물이든 우주 안의 미만한 존재들은 이렇듯 보이지 않는 관계의 그물

망으로 이어져 있는 것은 아닐까 하는 우주 생태적인 사유로까지 거창하게 생각이 번져 나간다.

각설하고 숟가락을 다녀간 사람들, 혹은 다녀갈 사람들은 각자 천차만별의 생김새로 유다른 살림을 살아왔거나 살아가거나 살아갈 것이다. 그중 어떤 이는 한탄과 회오 그리고 눈물 속에서 쇳덩어리를 들듯 무겁게 숟가락을 든 이가 있을 것이다. 또 어떤 이는 겸허와 감사로 합장을 올린 뒤 공손하게 경외하듯 숟가락을 든 이도 있을 것이다. 그러나 대부분 아무런 자의식 없이 오로지 끼니때가 되었으니 의무를 치르듯 오래된 버릇으로 숟가락을 들었을 것이다.

그리고 사람이 차이를 떠나서 우리는 매일 삼시 세 끼 마주하는 숟가락에 대해 그때마다 매순간 다른 감정을 경험하곤 하는데 이를테면 어떤 때는 숟가락이 애인처럼 반갑다가도 또 어떤 때는 사자를 대하듯 꺼려지기도 한다. 이렇듯 매번 숟가락을 대하는 느낌과 태도가 달라지는 것은 그날그날 살아온 내용이 다르기 때문이라고 볼 수 있다. 요컨대 밥값을 한 날과 그렇지 못한 날에 따라 숟가락이 무겁기도 하고 가볍기도 하는 것이다.

하지만 밥상 앞에서 팔색조처럼 자주 사람들이 표정을 바꾸거나 말거나 숟가락은 도통 말이 없었을 것이다. 애써 표정을 꾸밀 줄도 모르고 그저 타고난 한결같은 성정으로 무연하게 사람들을 맞고 보냈을 것이다. 숟가락은 그렇게 뜨고 퍼 나르는 일로 평생을 살다가 소용을 다했을 때 홀연 밥상을 떠날 것이다.

나는 내가 모르는 수많은 입들과 손들을 다녀왔을 숟가락을 앞에 놓고 숟가락 놓지 않기 위해 악착같이 살아온 지난날들을 떠올려본다. 숟가락을 놓지 않기 위해 나도 여느 사람들처럼 매일매일을 전투하듯 노동의 일상을 살아왔다. 내 홀몸에게 혹은 내게 딸린 식솔에게 숟가락 하나 온전히 쥐어주기 위해 혼신을 다해왔던 것이다. 그러는 동안 밥이 단순한 끼니가 아니라 사상이요, 계급이라는 것도 알았고 "밥이 하늘이다."라는 은유적 진술이 가치 명제를 넘어 진리라는 것도 관념이 아니라 실감으로 이해하게 되었다.

이런저런 생각에 젖어 있는 동안 기다렸던 소찬들이 나오고 이어 밥과 국이 나온다. 나는, 내가 오늘 다녀가는 이 숟가락이 부끄러워하지 않도록 살아가자고 천천히 밥 한 그릇을 달게 비운다. 숟가락 앞에서 밥은 비로소 밥이 된다는 것을 처음인 듯 깨닫는다.

현재를 사랑하고 즐기자

대체로 자신들의 세대가 가장 힘들고 벅차게 시대의 가파른 고비, 고비를 넘어왔다고 과장과 엄살을 떨어대는 게 인지상정이지만 베이비부머들만큼 할 말 많은 세대도 없을 것이다. 말의 진정한 의미에서 권리보다는 의무를 더 많이 이행하며 굴곡 심한 요철의 시간을 견뎌왔음에도 사회와 가족으로부터 냉대와 소외를 받아오고 있는 이들이 베이비부머 세대라고 한다면 과언일까.

어떻게 사는 게 잘 사는 일일까. 삶에는 패러다임이 없다. 따라서 이 물음에 대한 정답은 있을 수 없다. 사람들은 저마다 각자 다른 기준과 방식을 내세울 것이기 때문이다.

나이가 들어서일까. 어쩌다 또래 동업자들끼리 술자리를 갖게 될 때 가장 자주 올리는 화제가 건강과 자식 그리고 노년의 삶 등이다. 어찌 보면 슬픈 일이다. 분분한 각론들을 거칠게 추상화시켜보면 대략 이렇다. '추하지 않게 살 것, 말을 줄일 것, 건강할 것, 일거리 놓치지 말 것, 새로운 인연 만들기보다 만들어놓은 인연 잘 관리할 것, 자식에 손 벌리지 말 것 등속이다. 나름대로 타당성 있는 각론들에 소견 몇 가지를 더하고자 한다.

따르는 젊은 친구들이 많은 사람은 부자다. 베이비부머 세대들은 대화에 서툰 편이다. 누가 상명하달이 몸에 배인 세대 아니랄까 봐 쓸

데없이 권위적이다. 충분히 공감하고 이해한다고 떠벌리지만 막상 판이 벌어지면 언행이 따로 논다. 자꾸만 훈계하려 든다. 훈계는 대화가 아니다. 다 내려놓고 수평적 관계로 만나야 한다. 고려 문인 이규보 일화에 '망년우忘年友'라는 말이 나온다. 세월을 잊은 친구라는 말이다. 물리적 연차와 상관없이 누구라도 친구가 될 수 있어야 한다.

현재를 사랑하는 이는 행복하다. 선조들은 하나같이 미래를 위해 지나치게 현재를 희생시켜왔다. 오늘 마땅히 즐겨야 할 취미 생활도 미루어둔 채―집 산 뒤에, 아이들 시집 장가보낸 뒤에, 큰 재산 모은 뒤에 등의 이유로―몽땅 내일로 넘겨온 것이다. 하지만 우리가 꿈꾸는 미래는 영원히 오지 않는다. 과도하지 않는 범위 내에서 오늘 하고 싶은 일(여행, 독서, 영화, 노래, 미술, 건축……)을 즐기는 것이 행복하게 사는 삶이다.

열정을 잃지 않아야 한다. 마른 통나무처럼 무미건조하게 살 게 아니라 생나무처럼 '간절하게' 생의 잎과 꽃을 피우며 살아야 한다. 모든 꽃은 다 젊다. 고목이 피운 젊은 꽃들을 보라. 벌과 나비는 꽃을 차별하지 않는다. 열정이 없는 삶은 죽은 삶이다. 타다 만 땔감들은 지저분하다. 다 타고 남은 결 고운 재들은 얼마나 보기가 좋은가. 죽는 날까지 우리는 우리의 생을 아낌없이 태워야 한다.

혼자 하는 여행을 즐겼으면 한다. 부디 느리게 가는 것들에 몸을 부릴 일이다. 빠른 것들은 오만하다. 풍경에 불친절하다. 서행하는 풍경은 사색을 부른다. 정신없이 통과해온 시간들을 반추해보는 일은 귀하다. 하이데거의 말처럼 '존재자들(자연 사물들)을 통해 존재(절대자)를 만나는' 일은 얼마나 시적詩的인가.

바지런히 몸을 움직여야 한다. 호미는 허청에 오래 걸려 있으면 녹이 슨다. 호미는 밭에서 놀아야 한다. 선박이 항구에 너무 오래 머물면 폐선이 된다. 선박이 아름다울 때는 바다를 항해할 때이다. 나는 이상의 목록들을 생활의 방편으로 삼아 살아갈 것을 각오한다. 미래의 행복지수는 이것들의 실행과 비례할 것임을 믿는다.

집착과 울컥으로부터의 도피

나날의 생을 연명해오는 동안 알게 모르게 쌓여온 죄가 수북하다. 죄가 낙엽이라면 얼마나 좋을까. 빗자루 하나 튼실하게 엮어 쓸어버릴 수 있을 테니 말이다. 여생에 나는 얼마나 더 많은 죄를 낳고 또 낳을 것인가. 사는 일이란 하루하루 죄짓는 일에 불과하다는 것을 때늦게 천둥번개가 치듯 불쑥, 회한처럼 깨닫는다. 살아오는 동안 지은 죄가 너무 많아 어찌 그 값을 다 치르고 갈 것인가 도무지 혜량할 길이 없다. 돌아보니 내 살아온 생이, 마시다 흘린 물이 다녀간 뒤의 걸레 같이 얼룩덜룩하다.

내가 살아오면서 지은 죄 가운데 가장 죄질이 나쁘고 무거운 것은 '집착'과 '울컥'이었다. 번번이 나를 파렴치한으로 만들고야 말았던 이 '집착'과 '울컥'으로부터 벗어나기 위해 나는 나름으로 깜냥 것 얼마나 안간힘을 써왔던가. 귀한 인연을 한순간 무위로 돌려버리고 나아가 '선연'을 '악연'으로 돌려버리는 괴력이 다름 아닌 '집착'과 '울컥'이었던 것이다. 집착과 울컥은 인간을 동물의 차원으로 떨어뜨린다. 집착과 울컥은 폭력을 부른다. 집착과 울컥은 상대를 괴롭힐 뿐만 아니라 자신을 파괴시킨다. 모든 집착과 울컥은 자신 속 내재된 '트라우마'로부터 비롯된다. 그러므로 집착과 울컥은 치료를 요하는 병이라 할 수 있다.

울컥은 열등의식의 소산이다. 울컥이 도지면 위아래가 없다. 상대에 대한 배려가 없다. 몸속의 울컥이 불쑥 뛰쳐나오면 그 순간 안하무인이 된다. 인간 말종이 된다. 이 울컥은 평소 잠잠해 있다가 만취했을 때 알콜의 힘을 빌려 빠져나와선 고삐 풀린 말처럼 천방지축 날뛴다. 관계의 공든 탑이 일시에 무너진다. 울컥이라는 짐승을 다루지 못해 나는 그동안 살아오면서 얼마나 많은 낭패를 맛보아야 했던가.

집착은 여름날 누군가 먹다 버린 뼈다귀에 달라붙는 파리 떼처럼 집요하다. 손으로 휘저어 쫓는다 해도 일시적일 뿐이다. 더 많은 파리떼가 몰려오기 때문이다. 집착은 새 구두를 신고 수만 평 진흙밭을 건너는 일처럼 몸과 마음을 지치게 한다. 그만큼 집착에서 벗어나는 일은 지난하다. 시간만이 유일한 해결책이기 때문이다. 뼈다귀가 썩어 흙으로 돌아간 연후에야 파리 떼가 찾아오지 않는 것처럼. 인연의 밀도와 크기가 뼈다귀의 굵기와 크기를 결정하고 뼈다귀의 굵기와 크기가 집착하는 시간의 총량을 결정한다. 이것에는 에누리가 없다. 이러한 집착에 빠졌다 나오게 되면 누구나 내면이 황폐화된다. 그러니 애초에 이런 수렁에 빠지지 말아야 한다.

그런데 집착은 어디에서 오는 것인가. 사람마다 그 배경이 다르겠지만 대개는 상대에 대한 강한 소유욕에서 그것은 비롯된다. 이러한 지배에 대한 과잉 의욕은 상대에 대한 불신을 낳고 불신은 의심을 낳고 의심은 집착을 낳고 마침내 관계를 파탄에 이르게 한다.

그런데 이러한 집착은 남녀 간의 인연에서만 나타나는 것이 아니다. 부모와 자식 간에도 나타나고 심한 경우 자신이 종사하는 일에서도 이것은 발생하는 것이니 이것과의 한판 싸움으로 나날은 영일이 없다. 지난날 나는 내가 사랑하는 여자들에게 사랑한다는 이유만으로 이러한 증세를 과도하게 보인 적이 있었고 자식에 대하여도 그러하였다. 올해를 넘기기 전에 이 백해무익한 고질적 증세들로부터 나는 자유로

워져야만 한다. 더 이상 환자로 살 수 없다. 하지만 오랫동안 앓아온 이 질병들을 나는 과연 치유할 수 있을 것인가.

이야기 하나 ——— 울컥으로부터의 도피

2010년 11월 15일 오후 시간을 할애하여 나는 이 글을 쓰고 있다. 이제 사흘 후면 재수생인 내 아이가 수능을 치르는 날이다. 내가 내 방 컴퓨터 앞에 앉아 되지도 않는 억지 글을 쓰느라 자판을 두들겨대고 있는 동안 아이는 자신의 방에서 막바지 수능을 대비하느라 여념이 없다. 나는 쓰던 글을 멈추고 아이의 방에 달려가 아이의 공부에 일일이 간섭하고 싶어진다. 하지만 용수철처럼 뛰어 오르는 그런 충동을 가까스로 누르고 있다. 다시 도지는 집착의 탄력을 견디고 이기려 안간힘을 쓰고 있는 것이다.

작년 이맘때의 일이 생각난다. 내내 학교에서 상위권에 들었던 아이였는데 수능 시험 결과가 예상을 훨씬 빗나가게 되었다. 그날 밤 나는 풀이 죽은 아이의 기를 살려주느라 누구나 실수는 하는 법이며 기회는 다시 만들면 되는 것이라고 대범하게 말하고는 처져 있는 어깨를 툭툭, 두 번 두들겨주었다. 하지만 이런 아비의 형식적인 말이 전쟁에서 지고 온 패잔병에게 무슨 힘과 위로가 되겠는가. 아이는 한동안 패닉 상태에 빠져 지냈다. 나도 속이 상하긴 마찬가지였으나 말없이 지켜보는 도리밖에 다른 할 일이 없었다. 그렇게 솥뚜껑이 머리에 얹힌 듯 무거운 침묵 속에서 한 달포를 보냈다. 나는 시험 결과보다도 형편없이 의기소침해져서 자폐아처럼 자기 방에 처박혀 갑갑하게 시간을 죽이는 아이의 모습이 더 못마땅했다. 그러나 상심해하고 있는 아이에게 맞대놓고 그런 나의 감정을 드러낼 수는 없었다. 하지만 속에서는 열불이 치솟아 올랐다. 한번 안에서 점화된 불은 집요하게 기회를 엿보며 바깥을 향해 혀를 날름대고 있었다. 그러다 기어코 일이 터지고야 말았다. 마침내 속 불이 달구어진 몸을 열고 나와 아이와 아내에게로 마구 옮겨 붙어 걷잡을 수 없이 타올라버렸다. 어느 모임에 나갔다가 과하게 마신 술이 내 안의 '울컥'을 충동질하고야 말았던 것이다. 무지막지한 폭언의 불길이 폭포수처럼 쏟아져 나와 아이와 아내의 마음에, 때 이른 봄날 밭고랑을 파헤치고 간 갈퀴처럼 화상을 입혔다. 그 일로 인해 우리 식구는 한동안 저마다 유폐된 섬으로 타인처럼 살아야 했다. 비록 불길은 진화되었지만 크게 데인 마음이 치유될 시간이 필요했기 때문이었다. 사건이 터진 다음 날 나는 마음의 부기를 가라앉히기 위해 무작정 집을 나섰다. 그럴 작정도 없었는데 어찌어찌 가다 보니 밤늦게 땅끝 마을 바닷가에 당도해 있었다. 그날 밤 나는 불쑥불쑥 머리를 들이미는 이런저런 생각들의 뿔에 치여 한잠도 이루지 못하였다.

감은 눈의 망막 속으로 살아온 날들이 주마등처럼 스쳐가고 있었다.

지금도 물론 그렇지만 절대적 가난에 시달렸던 지난날 교육은 계층 상승의 욕망을 위한 유일한 통로이자 도구였다. 가난을 대물림하지 않기 위해 부모들은 말 그대로 뼈 빠지게 일하여 자식들을 가르쳤던 것이다. 나의 어머니 역시 예외는 아니어서 아니, 그 누구보다 열성으로 자식들을 위해 능력 너머의 욕심을 과하게 부리셨다. 그런 어머니가 십분 이해되고 고마운 한편으로 늘 기대에 미달되는 재능 때문에 외려 부담스러웠던 게 사실이었다. 나는 어른이 되면 내 아이에게만은 절대로 공부로 인한 억압과 상처를 주지 않으리라고 이를 악물며 다짐하였다. 그 어떠한 일이 있어도 내 아이만은 공부에 가위눌리지 않고 자유로운 상상의 영토에서 활기차게 제가 원하는 것을 마음껏 누리고 살아가게 하겠다고 결심하였다.

그러나 대학을 졸업하고 결혼을 하고 아이가 생기고 그 아이가 자라면서 나는 어떻게 마음이 변해갔던가. 어느새 나는 옛날의 아버지와 어머니의 교육 방식을 고스란히 답습하고 있었던 것이 아닌가. 그 옛날 못 배운 부모가 자식들 앞에서 당신들의 한스러운 인생을 대물림하지 말라고 눈물로 하소연해대며 공부를 강요하였듯이 나 또한 아이에게 삼류 대학 나온 나처럼 괄시받지 않고 살려면 넌 반드시 좋은 대학에 가야 한다고 안팎으로 닦달해대고 있었다. 대학에서 학생들에게 우리 교육의 획일성과 과도한 교육열의 폐단에 대해 입에 거품을 뿜으며 비판해댔던 내가 집에 돌아와서는 아이 엄마를 시켜 과외 자리를 알아보게 하고 수시로 아이 성적을 체크해왔던 것이다. 요컨대 나는 아무런 자의식 없이 관성적으로 표리부동한 삶을 너무도 뻔뻔하게 살아왔던 것이다.

땅끝(끝은 시작이기도 하다) 마을에서의 그날 밤 내내 이런저런 생각에 젖어 전전반측하다가 다음 날 새벽 첫차를 타고 부어오른 얼굴(마음의 부기는 어느 정도 가라앉음)로 서울에 올라온 나는 가급적 아이의 일에 참견하지 않기로 하고 지금까지 그 약속을 지켜오고 있는 중이다.

그러나 아직 나는 자신이 없다. 내가 아이에 대한 집착을 완전히 버렸는지에 대한 확신이 서지 않는다. 다만 내 과도한 집착이 오히려 아이의 성적에 누가 될까 봐 참고 있다고 하는 편이 솔직한 심정일 것이다. 그렇다면 나는 여태도 아이를 소유하고 있다고 봐야 할 것이다. 이 얼마나 무섭고 집요한 병인가. 사흘 후 나올 아이 성적표에 나는 과연 태연할 수 있을 것인가. 다시 울컥이라는 짐승이 몸 밖으로 뛰쳐나오는 것은 아닐까. 작년 일을 떠올리며 나는 그 어떤 결과가 나오든지 간에 아이에게 더 이상 상처를 주어서는 안 된다고 어금니를 지그시 깨물고 있을 따름이다.

이야기 둘 ── 집착으로부터의 도피

　학업과 직업을 이유로 나는 어린 나이에(고교 일 학년) 고향을 떠나 객지 밥을 먹고 살았다. 그리고 너무도 일찍 어머니를 여읜 탓인지 남이 갖지 않은 지독한 트라우마가 있다. 모성결핍증이 그것이다. 평소에는 잘 드러나지 않는 이 고질병은 좋아하는 여자를 만나면 어김없이 도져 나를 황폐의 늪에 빠뜨리곤 하였다. 이 결핍증은 여자에 대한 과도한 애정 표현으로 치닫게 하였고 급기야 집착하는 결과를 낳고는 하였던 것이다. 이것으로 인해 나는 필요 이상으로 내 생을 다녀간 여자들에게 억압과 상처를 주었다. 앞서도 이야기하였지만 집착은 소유욕에서 시작된다. 내 것으로 만들어야 직성이 풀리는 이 증세는 상대를 옴짝달싹 못 하게 만든다. 이는 분명 질병에 속하는 것이다. 그러나 집착하는 주체는 이것을 상대에 대한 사랑이라고 확신하거나 합리화한다. 집착은 참으로 무서운 것이다. 이것은 상대에게만 치명적 고통을 주는 것이 아니라 주체의 내면까지 철저히 파괴하기 때문이다. 사랑이란 서로 간에 거리를 필요로 한다. 거리가 무화된 사랑은 억압을 낳는다. 그러나 상대에 대한 지배욕이 거리의 결핍을 가져온다. 이렇게 해서 비극은 탄생되는 것이다.
　존재론적 사랑이 아닌 소유론적 사랑이 집착을 가져온다. 하나의 예를 들어보자.
　산길 걷는 나그네가 자신을 유혹하는 치명적인 꽃을 만났다고 했을 때 그는 어떤 태도를 취할 것인가. 아무런 생각 없이 나그네는 소유에 대한 갈망으로 그 꽃을 꺾는다. 그리고 그것을 그 꽃에 대한 애정이라고 생각한다. 하지만 이는 착각에 지나지 않는다. 꽃은 꺾이는 순간 죽음을 맞기 때문이다. 이와는 다르게 나그네가 모종삽으로 그 꽃을 캐와 자신의 정원이나 뜰에 심어놓는다. 물을 주고 거름을 주면서 정성껏 꽃을 가꾼다. 그러면서 자신의 취향과 기호에 맞도록 가지를 전지하여 자신의 꽃으로 가꾼다. 이 역시 착각에 속한다. 이 꽃 역시도 그의 소유가 되었기 때문이다. 마지막으로 나그네는 소유에 대한 갈망을 뿌리치고 아름다운 꽃을 있는 그 자리에서 완상하는 것으로 만족한다. 이 세 가지 유형 가운데 참 사랑은 어디에 있을까? 두말할 필요도 없이 세 번째의 사랑이다.

이 이야기는 에리히 프롬의 저서 『소유냐 삶이냐』에 나오는 우화다. 에리히 프롬은 이들 가운데 세 번째 유형을 존재론적 사랑으로 보았다. 존재론적 사랑은 있는 그대로를 인정하고 이해하는 태도이다. 즉 그것은 꺾지 않는 사랑이다. 소유하지 않는 사랑이다. 소유란 꺾는 것이다. 꺾는 것은 상대를 죽이는 것이다. 소유론적 사랑은 상대의 죽임이다.

내 지난날의 사랑은 소유론적 사랑이었다. 상대에 대한 지배로 점철된 사랑이었다. 이것이 집착을 불러왔고, 이로 인해 상대가 나를 원망하며 나를 떠나게 만들었다. 진정한 사랑이란 상대가 변했을 때 배반감이 들기보다 오히려 더 잘해주고 싶은 감정이 들어야 한다고 사랑의 전문가는 말한다. 상대가 변했을 때 배신감에 치가 떨린다면 그는 이미 상대를 집착하고 있다는 것이다.

그렇다면 어떻게 이러한 집착에서 자유로울 수 있을까? 역지사지의 태도로 상대를 바로 보고 생각할 때 집착의 굴레로부터 어느 정도 벗어날 수 있지 않을까? 하고 나는 내 지난 경험을 떠올려 생각해본다.

이십 년 전 수원 율전동에 살 때 나는 아주 값진 경험을 치른 적이 있다. 어느 일요일 아내가 무슨 일인가로 친정에 가고 나 혼자 갓 돌 지난 아이를 보고 있는데 잘 자던 아이가 갑자기 깨어나 경기를 일으키며 울어대고 있는 것이 아닌가. 아이의 이마를 만져보니 불덩이 같았다. 적이 당황스런 나는 아이를 들쳐 업고 소아과를 찾아 허둥대었다. 집 밖을 나서 얼마만큼 걸어갔을 때 갑자기 환청처럼 때까치 울음소리가 크게 들려왔다. 때까치가 울어댈 장소가 아니었으므로 당연 나는 내 귀를 의심하였다. 그 소리는 내 가슴속에서 울고 있었다. 어릴 적 우리 또래들은 놀이 삼아 뒷산을 뒤져 때까치 둥지 속의 알이나 새끼들을 훔쳐와 애완으로 기르다가 죽이기를 예사로 일삼았다. 그때마다 때까치 어미가 사립에 나타나 그악스럽게 울어대다가 외려 돌팔매질을 당하고는 했었다. 아하, 우리 악동들의 악취미로 얼마나 많은 새끼들이 죽어갔는지……. 그날의 때까치 어미가 세월을 역류해 내 가슴속을 아프게 부리로 쪼아대고 있었던 것이다. 나는 속으로 빌고 또 빌었다. 때까치야 내가 잘못했다. 내 잘못을 용서해다오. 그렇다. 때까치의 심정을 내 아이가 아팠을 때에야 나는 진정으로 이해할 수 있었던 것이다. 절박한 내가 되어서야 과거의 절실했던 때까치가 온전히 이해되었듯이 사랑이란 바로 그 역지사지의 심정을 헤아리는 것이 아닐까. 하지만 아이가 병원에서 퇴원하자마자 나는 또 까마득히 그날의 때까치를 잊고 살아온 것이 아닌가. 어리석음이여, 너는 어찌하여 그렇듯 늘 발등에 불이 떨어져서야 회한으로 지난날을 되돌아보게 되는 것인가.

각설하고, 집착을 벗어난 사랑! 역지사지의 심정으로 살아야 가능한 사랑! 참으로 고귀하고 아름다운 사랑이란 서로에게, 스스로 책임을 지우는 자유를 무한대로 허용하는 사이여야 할 것이다. 하지만 이를 실천하는 일은 또 얼마나 지난한 일인가.

　내 나이 지천명. 생활에 책임을 지는 나이에 이르게 되었다. 지난 날 내 생을 낭비케 했던 집착과 울컥으로부터의 도피를 위해 마음공부에 진력하도록 하자.

드라마『아들과 딸』을 기억하시나요?

황혼이혼이 늘고 있다고 한다. 통계에 의하면 그 이유 가운데 가장 으뜸을 차지하는 것이 한국 남성의 고질병인 가부장적 권위 의식 탓이라 한다. 이 말은 이미 가파른 변화의 물결을 타기 시작한 이후 시대의 주체로 우뚝 선 여성들에 의해 오래된 벽지처럼 혹은 고장 난 기계처럼 알량한 기득권 지키기를 고집하는 완고한 남성들이 버림을 받기 시작했다는 것을 의미한다.

시대 변화에 탄력적으로 대응하지 못하고 있는 마초들의 수난사를 접할 때마다 나는 고소를 금치 못한다. 분명히 말하건대 나는 돼먹지 못한 가부장적 권위 의식은 처벌받아 마땅하다고 생각한다. 물론 이 땅의 나이 든 남성들은 할 말이 많을 것이다. 하지만 이유야 어떻든 간에 시대 변화에 적응하지 못한 지진아들은 그에 대한 대가를 치러도 할 말이 없는 세상이 도래하였다.

나는 일찍이 이런 시대를 예감한 터라 내 여생을 크게 걱정하지 않는다. 설마하니 나처럼 헌신적인, 페미니즘적인 남편을 아내가 크게 사랑하지 않을는지는 모르겠으나 적어도 버리지는 않을 것임을 알기 때문이다. 나는 오래전부터 오늘의 세태를 꼼꼼하게 준비해왔다. 이십 년 전으로 기억된다. 미래의 주인공은 여자들이 될 것이고 이제 남성들은 그동안 군림해왔던, 그 위풍당당했던 주체의 자리에서 내려와 타자로 살아가거나 아니면 적어도 남성 주체에 의해 일방적으로 당해왔던 여성 타자의 억압과 상처의 시대가 종료될 것임과 그리하여 그간에 존재해왔던 남성과 여성 간의 적대적 관계가 청산되고 상호 주체적 관계로 전환될 것임을 감히 예상해왔던 것이다.

하지만 이러한 예감은 사색과 통찰에 의해 직관적으로 주어진 것이 아니라 말하기 부끄럽지만 통속적인 드라마가 뜻하지 않게 준 선물이었다.

주지하다시피 산업화 시대 이후 정보화 시대의 대중문화는 노골적으로 상업성과 오락성으로 대중들의 말초 감각을 자극해오고 있다. 최근 막장 드라마들의 시청률 경쟁은 확실히 도를 넘고 있다. 드라마 『아들과 딸』은 우리 사회가 산업화에서 정보화 시대로 넘어가는 경계의 지점에서 만들어졌다. 그래서인지 아직은 노골적인 상업성과 오락성보다는 시대의 사회상을 반영하면서 대중의 욕구를 충족시키는 드라마적 미덕을 잃지 않고 있었다.

1992년 10월 3일부터 1993년 5월 9일까지 총 64부작으로 방영되었던 『아들과 딸』은 방영 내내 엄청난 인기와 숱한 화제를 불러일으켰다. 시청률도 지금으로서는 상상이 안 되는 60%가 넘을 정도였다. 줄거리를 요약하면 대략 이렇다.

시대적 배경은 해방 후 십 년이 지난 시기이고 공간적 배경은 경기도 양평 문호리. '너 다음에는 아들이어야 한다'는 뜻의 슬픈 이름을 지니고 태어난 이후남(김희애). 후남이 세상에 나온 지 3분이 지나지 않아 태어난 쌍둥이 동생 귀남(최수종)을 중심으로 이 드라마는 전개되기 시작하였다. 아버지 이만복(백일섭)은 백수건달로서 선거 때마다 낙선하는 후보들만 따라다니는 선거꾼인 데다가 농사일보다는 구들장을 더 많이 지고 있는 무능력한 가장이었고, 따라서 억척스러운 어미(정혜선)가 양평 문호리 근처에 점방을 내어 잡화와 담배 등을 팔기도 하고 낚시꾼들에게 매운탕을 끓여주고 받은 돈으로, 무능한 지아비 대신 집안의 호구지책을 마련해가고 있었다. 이들 일자무식한 부부는 아들에 대한 집착이 유난스러운 당 시대 부모의 전형적인 인물들이었다. 어머니는 후남이 귀남을 앞지르는 것을 결코 인정하려 들지 않았다. 후남이 자라면서 어머니에게 걸핏하면 듣는 말은 "내 그럴 줄 알았어. 나올 때부터 먼저 나오더니 귀남이 앞길을 막지"였다. 그럴 때마다 어린 후남은 억장이 무너졌다. 귀남보다 나은 성적을 내밀었다가 면박을 받고는 뒷방에 숨어들어가 혼자서 울던 후남이. 그녀는 언제나 귀남의 그림자처럼 굴어야 했다. 대학 입학시험에서 귀남이 떨어지고 후남이 붙었을 때 부모에게서 후남이 들은 말은 "뭣하러 딸을 가르치냐. 고등학교 공부시킨 것만도 과분하다"였다. 집을 나와 서울 청계천의 한 봉제 공장에서 날밤을 새며 재봉틀을 돌려 번 돈을 꼬박꼬박 집에 부쳐야 했던 후남이. 감옥 같은 공장을 견디지 못하고 탈출하여 길거리를 헤매다 귀인 할머니를 만나 구사일생으로 살아난 뒤 그 할머니를 따라 들어가 낮에는 김밥을 말아 팔고 밤에는 방송통신대학에 다니며 소설가의 꿈을 키워나갔던 후남이. 사법고시에 합격한 귀남의 친구 석호(한석규)를 만나 사랑을 키워나가지만 가난하고 배운 게 없다는 이유로 예비 시집 식구들의 반대에 부딪치고 어머니의 냉담함까지 더하는 등 갖은 우여곡절을 겪다가 마침내 결혼에 골인하는 후남이. 하지만 결혼 후에도 완전한 여성 해방과 자유를 누리지 못하는 후남이. 변호사 남편은 자상하고 배려심이 많았지만 아내가 가부장의 울타리를 넘어서는 것을 참지 못했고 연년생으로 낳은 아들과 딸 역시도 자라면서 후남에게 언제나 '엄마'이기만을 요구했던 것. 어머니 장례식을 치른 지 한 달 만에 혼기가 찬 딸을 시집보내는 후남이는 결혼식장에서 죽기 전 어머니가 하던 말을 떠올리면서 드라마는 대단원의 막을 내렸다. "나 죽으면 귀남이가 네 친정이여, 친정이 잘 살아야 시집가서도 무시당하지 않고 잘 사는 법이여, 그래 더 귀남이 잘되라고 극성이었던 겨."

이상의 줄거리에서 알 수 있듯이 드라마 『아들과 딸』은, 우리 사회에 팽배해 있던 가부장제로 인해 여성(이 땅의 많은 후남이들)이 겪어야 했던 억압과 수난상을 날카롭게 보여준 수작이었다. 다양한 캐릭터들을 잘 소화시킨 연기들도 볼 만했으며 줄거리에 극적인 요소가 많아서 시청의 재미를 배가시켰다.

나는 원래 역사물을 다룬 대하드라마가 아니면 흥미를 잘 보이지 않는 타입인데 이 드라마만은 예외였다. 기억에 의하면 거의 한 회도 거르지 않고 성실하게 완전 몰입해서 시청했던 거 같다. 나는 이 드라마에 과거와 현재의 '나'를 투사시키며 시청하였다. 극 중 주인공들이 내 연령과 큰 차이가 나지 않았고, 나 또한 남성 우월주의가 나날의 일상을 지배하던 전형적인 가부장제 집안에서 나고 자라왔기 때문에 극 중 분위기에 내 감정을 쉽게 투사시킬 수 있었던 것이다.

사실 엄밀하게 따지면 남성 우월 가부장제 하에서는 여성만이 피해자가 아니다. 정황에 따라서는 남성도 얼마든지 피해자가 될 수가 있기 때문이다. 남성 중에는 남성성보다 여성성을 더 많이 지닌 사람도 있게 마련인데 가부장제 하에서는 남성이라는 이유만으로 집과 사회로부터 남성성을 강요받게 됨으로써 엄청난 생의 과부하를 지니고 살아가야 하기 때문이다. 드라마를 시청하면서 나는 귀남이도 후남만큼은 아니었지만 집착 심한 부모의 기대에 부응하기 위해 갖은 애쓰며 괴로워하는 모습에 특별히 주목하였다. 그 모습은 어쩌면 지난날의 내 모습이기도 했기 때문이었다.

　이렇게 나는 드라마『아들과 딸』에 몰입하면서 미래의 달라질 풍속을 예감하였다. 지금 나는 가사의 70%를 담당하고 있다. 분리수거, 빨래 개기, 가끔 설거지하기, 내 옷 다리기 등등 내 몫의 가사를 자발적으로 실천하고 있는 셈이다. 그리고도 돈벌이를 게을리하지 않는다. 이런 나도 한때는 전형적인 마초였다. 가부장적 권위로 아내와 아이 위에 군림하며 살았던 것이다. 하지만 지금은 그렇지 않다. 남성이 하는 일, 여성이 하는 일을 구분하는 시대는 지났다. 내가 이렇게 시대 변화에 탄력성을 보일 수 있었던 것은 전적으로 드라마『아들과 딸』 덕분이었다.

4.

나의 삶 나의 문학

1980년대와 2000년대는 나에게 무엇인가?

나에게 지난 1980년대는 암흑과 광기의 연대로 기억되고 있다. 20대 시퍼런 청춘기를 나(우리)는 시대가 주는 억압과 상처 속에서 보내야 했다. 개인적으로도 가난이 주는 지독한 중압감을 견뎌내기가 힘에 부쳤다. 당시 복학한 나는 대학 3학년 때 교육 무크지『민중교육』에「교사 임용 이대로 좋은가?」라는 현장 르포를 기고하였는데 이 기고문은 사립 중·고등학교에 임용되는 교사들에게 재단 측이 공공연하게 돈을 요구하는 실태를 고발하는 내용을 담고 있었다. 이 기고문으로 인해 블랙리스트에 올라 교사자격증을 획득하고도 오랫동안 꿈꾸어왔던 교사에 임용될 수 없었다. 당시 이 무크지가 일으킨 파장은 컸다. 연일 신문 1면에 대서특필되는 영광(?)을 누렸을 뿐만 아니라 이 잡지에 기고한 교사들이 해직되었고 적극 가담자인 김진경, 윤재철 시인 교사와 이 책을 발행한 출판사 대표이자 작가인 송기원 선배가 감옥에 들어가야 했다. 나중에는 이들이 주축이 되어 전교조가 탄생되기에 이른다.

나는 교사의 꿈이 좌절당한 뒤 어쩔 수 없이 적수공권의 상경파가 되어 꼬리가 긴 주소를 지닌 채 서울 생활을 시작하게 되었다. 서울에서의 생활은 고달팠다. 서너 개의 출판사 편집 직원과 민족문학작가회의(현, 한국작가회의) 실무 간사와 학원 강사 노릇 등으로 세월을 탕진하며 살아남기 위해 아등바등 갖은 애를 다 써야 했다. 그리고 틈틈이 시내로 나가 시위에 동참하기도 하고 동업자들을 만나 술추렴을 벌이기도 하며 가까스로 암흑기를 버텨내었다.

『민중교육』지 사건으로 인해 나는 삶의 궤도를 전면적으로 수정할 수밖에 없었다. 나는 역사나 개인의 운명은 큰 테두리에서는 우연에 의해 결정되나, 주어진 우연 안에서의 역사 주체들과 개인들의 의지에 의해 관철된다고 믿는 사람이다. 이 사건으로 그 믿음을 더 강화하게 되었다. 이 사건이 아니었던들 나는 서울에서 살지 않았을 것이고 그랬다면 지금의 아내를 만나지 못했을 것이고 올해 대학 2학년에 재학 중인 아들이 태어나지 않았을 것이다. 그밖에 나를 다녀간 그 많은 인연들을 말해 무엇하랴. 그러므로 이 사건이 내게 소모만을 안겨다 준 것은 아니다. 이후 서울에서의 생활은 고달픈 만큼 시의 좋은 질료가 되기도 했다. 나날의 아픔과 절망을 시로 승화하는 계기로 삼았기 때문이다.

나는 본질적으로 지난 1980년대와 2000년대가 크게 달라지지 않았다고 본다. 특히 이명박이라는 괴물 정권이 들어선 이후 피와 죽음을 담보로 어렵게 이룩한 정치적 민주화가 역주행(민간인 사찰은 그 대표적 사건이다)을 하고 있고 경제적 민주화의 길은 갈수록 요원하기만 하다. 어쩌면 그 당시보다 더 희망이 없어 보인다. 전라도, 경상도라는 고질적인 지역감정이 치유되지 않은 상태에서 강남과 강북이라는 신 지역감정까지 생겨났다. 강남, 북의 갈등은 그것이 경제적 이해의 차이로 인해 생겼다는 점에서 더욱 심각하다고 할 수 있다.

오늘날 시문학은 독자들과 유리된 채 자신들만의 성채 안에서 자기들만의 놀이에 빠져 있다는 느낌이다. 독자들과 함께 시대를 호흡하던 지난 연대가 문학인들로서는 훨씬 더 행복한 시기였다. 2000년대 시문학은 난삽한 요령부득의 언어 남발로 독자들이 다가오지 못하도록 장벽을 쌓고 있는 형국이다. 너도 나도 소통을 강조하는 시대에 시문학만이 불통과 단절을 시대의 증표인 양 자랑처럼 내세우고 있으니 이 어찌 답답한 노릇이 아닐 수 있겠는가. 아무도 읽어내지 못하는 비문과 오문의 시편들을 왜 써대는지 모르겠다. 시만을 전문으로 삼아온 이들에게도 읽히지 못하는 시편들이 독자들에게 외면당할 것은 빤한 노릇이다. 그럼에도 그런 불통의 시편만이 시대의 첨단인 양 상찬받고 있으니 이런 현실에서 솔직히 시 쓰는 일에 자꾸 염증과 회의가 드는 것도 사실이다. 시대 현실과 일상 현실을 두루 아울러 통찰하는 시편들이 점차 지면에서 사라져가는 시단의 현재가 너무 안타까움을 넘어 절망감을 느낀다.

글에 대한 단상

　생의 스펙트럼이 넓은 만큼 글에 대한 취향과 기호도 다를 수밖에 없다. 좋은 글에 대한 절대적이고 객관적인 규준이나 공준은 있을 수 없다. 일찍이 생물학자 만하임 쿤이 이야기했듯이 패러다임이란 당시대 사회 구성원들의 합의에 의해 기초되고 구성되고 도출되기 때문에 시대가 달라지면 즉 구성원들의 합의가 달라지면 언제든 변하게 마련이다.

　이러한 전제하에서 내 주견을 피력해보자면 좋은 글이란 읽는 이로 하여금 불편을 느끼게 해주는 것이어야 한다는 것이다. 대개의 문제적인 글은 나를 부끄럽게 만들고 내가 숨긴 것을 들키게 해준다. 그러니 어찌 불편하지 않을 수 있겠는가? 내가 홍상수 감독의 영화를 좋아하는 것도 같은 맥락에서이다. 그의 영화는 블랙코미디가 주조를 이루는데 부조리한 장면을 보고 따라 웃다가 머쓱해지는 순간이 있다. 감독은 말한다. 화면 속 주인공의 부조리한 행위는 지금 웃고 있는 당신의 어제와 오늘의 모습이라고! 모골이 송연해진다. 좋은 글은 이와 같은 순간을 마련해준다.

　또 한 가지를 덧붙인다면 서늘한 슬픔이 들어 있어야 한다는 점이다. 값싼 감상과 멜로와는 전혀 차원이 다른 인간 존재의 근원적인 슬픔을 드러낸 글이어야 한다.

교훈과 당위로서의 글, 지령하는 글, 서푼짜리 위로나 격려가 들어
간 글은 대체로 가짜이기 십상이다. 인간과 세계 이해에 대한 계기를
마련해줄 수 있는 통찰이 들어 있는 글이 좋은 글이고 그런 글만이 고
전의 반열에 들 수 있다.

마지막으로 부언하면 우매한 독자일수록 고통과 창의가 결여된, 익
숙하고 편한, 오염된 언어 표현을 선호한다. 예외가 있겠지만 대체로
베스트셀러가 고전과는 거리가 먼 것도 동일한 사정 때문이다.

내 시의 비밀

1 ── 이렇게도 쓰고 저렇게도 쓴다

오세영 시인은 최근 자신이 펴낸 책 『시 쓰기의 발견』(서정시학, 2013년 간행)에서 '시 쓰기에 대한 몇 가지 태도'에 대해 다음과 같이 말하고 있다.

"시인이 어떻게 해서 한 편의 시를 쓰게 되느냐 하는 문제에 대해서는 일률적인 해답을 내릴 수 없다. 각자의 개성, 지성, 취향, 처해진 상황, 문학적 감성, 시 창작 관습 등이 한데 어우러져 복합적으로 이루어내는 결과이기 때문이다. 그러나 그 무엇이든 구체적 시 쓰기는 나름의 동기 부여에서 시작되기 마련이다. 어떤 시인은 갑자기 시를 쓰고 싶어서 시를 쓴다. 어떤 시인은 잡지사의 원고 청탁을 받고 시를 써야겠다는 의무감에서 시를 쓴다. 또 어떤 시인은 아름다운 여자의 환심을 사기 위하여 시를 쓴다. 그러나 그 어떤 것이든 시작 동기를 살펴보면 크게 두 가지로 나누어질 수밖에 없다. 하나는 갑자기 시를 쓰고 싶은 충동에 사로잡혀 쓰는 경우요, 다른 하나는 의식적으로 시를 써야겠다는 목적에서 시를 쓰는 경우이다……. 그러나 그 쓰여진 결과를 놓고 볼 때 어떤 특정한 방식만이 우수한 작품을 빚는다고 말할 수는 물론 없다. 어차피 창작이란 이론만으로 되지는 않는 것이다."

여기에 더 붙일 말이 달리 없다. 다만 내 경우는 두 경우가 반복되어 나타나고 있다는 점을 들 수 있겠다. 젊어서는 그냥 쓰고 싶은 충동에 휩쓸려 시를 쓰는 경우가 더 많았다. 그래서인지 서랍에는 미리 써놓은 작품들이 발표를 기다리며 늘 대기 중이었다. 물론 발표 지면이 지금보다 훨씬 더 적었던 탓도 있었지만 도대체가 식을 줄 몰랐던 열정이 가져다준 결과이기도 했다. 아주 드물기는 했지만 여자에게 환심을 사기 위하여 시를 쓴 적도 있었다. 또 술을 마시다 우연처럼 시를 건지기도 하였다. 연애의 씁쓸한 뒤끝이 쓰디쓴 회한의 시를 남기기도 하였다. 하지만 나이가 들어감에 따라 열정은 소진되고 자연 그에 따라 의무감에 쫓겨 시를 써야 하는 경우가 더 많아지고 있다. 불행하게도 잡지사에서 청탁이 있고서야 시를 생각하는 날들이 늘어가고 있는 것이다. 나는 이런 현실이 슬프고 안타깝다. 절제를 모르는 열정 때문에 충동에 휩싸여 시를 썼던 시절은 충분히 귀하고 아름다웠다. 한밤중 잠을 청하다가도 갑자기 찾아온 시마 때문에 이불을 박차고 일어나 책상 앞에 앉아 꼬박 날밤을 세우던, 그 아름다운 소모의 시절은 다시 오지 않으리라.

2 ── 언어(말)의 기능에 대하여

성철 스님이 종정으로 계실 때 남긴 "산은 산이고 물은 물이다"란 법어가 생전이나 사후에도 여전히 사람들에게 감동을 주고 널리 회자되는 것은 그 법어의 뜻이 특별히 새로워서가 아니라 그 법어에 성철 스님이 살아온 일대기가 실려 있기 때문이다

법정 스님이 작고하신 후 그분이 남긴 수필집들이 일반인들의 관

심의 대상이 된 것은(물론 스님의 저작물들은 생전에도 늘 독자의 사랑을 받아왔다) 스님의 산문 세계가 신기하고 깊어서라기보다는 스님의 청정한 일대기가 스님이 기록한 언어에 빛과 무게를 실어주었기 때문이다.

이것은 생전이나 사후나 할 것 없이 가톨릭 신자를 포함하여 보통 사람들의 한결같은 삶의 사표가 된 김수환 추기경과 종교인의 견결한 표징으로 주목을 받아온 이해인 수녀 그리고 자발적 가난을 실천한 천상병 시인의 경우도 마찬가지이다.

좀 더 과감하게 말한다면 이해인 수녀의 시편들이 아주 뛰어난 시적 의장을 갖추지 않았음에도 독자, 대중의 사랑을 폭넓게 받는 데에는 수녀로서의 고결한 종교적 삶이 그분이 쓴 시어들에 믿음을 실어주고 감동으로 빛나게 해주었기 때문이다.

이처럼 언어(말)의 기능은 언어를 쓰는 주체의 삶과 밀접한 관련을 지니고 있다. 그렇다면 나와 같은 죄 많은 중생은 어떻게 시 쓰기의 전략에 임하여야 할까. 애당초 내가 살아온 인생은 보편적 감동과 울림과는 거리가 먼, 분진의 범속한 일상을, 그것도 좌충우돌하며 지리멸렬하게 살아왔음으로 어쩔 수 없이 최고조로 발현된 미학의 표현으로 승부수를 띄울 수밖에 없다. 하지만 이도 결코 수월한 일은 아니다. 내 미천한 문학적 재능이 그걸 따라주지 못하기 때문이다. 여기에서 오는 절망감 때문에 한숨을 내쉴 때가 한두 번이 아니다.

3 —— 길 위의 시편들

나는 이십 대 후반에서 삼십 대 초까지 잠깐의 시기를 빼놓고는 정규직으로 살아본 적이 없다. 한때는 출판사에서 또 한때는 서울 목동과 노량진 일대의 몇몇 유명 사설 입시 학원 등지에서 시늉뿐인 정규직 명패를 달고 근근하게 호구를 마련했지만, 서른 후반 이후 오늘에 이르기까지는 지방과 서울을 오가며 여러 대학을 전전해왔고 또 전전하고 있는 중이다. 그러다 보니 자연 길 위에서 시간을 보내는 경우가 많았다. 내 시편들 중 상당수가 길 위에서 써진 것들이다. 버스와 기차 안에서 혹은 전동차 안에서 나는 틈을 내어 책을 읽었고 차창 밖을 스쳐 지나는 풍경들을 일별하다 도둑처럼 불쑥 찾아온 시상을 재빠르게 메모해두었다가 집으로 돌아와 구성하고 또 재구성한 뒤 정리한 것들을 갈무리해두었다. 또는 연구실이 없는 관계로 시차로 인해 시간의 공백이 생기는 날엔 무료하게 수업 시간을 기다리는 동안 교정의 벤치에 앉아 공상에 젖기도 하고, 멍하니 호수와 나무, 꽃과 구름 그리고 캠퍼스 울타리 너머의 웅기중기 솟아 있는 크고 작은 가옥들과 건물들을 계통 없이 바라보면서 두서없이 잡념에 시달리기도 하였는데 그렇게 하찮게 보낸 시간들도 더러는 시가 되어 나타나기도 하였다.

　최근에는 산책길에서 시상을 주로 구하고 있다. 이 버릇은 칠 년 전 여의도에 살 때 생긴 것인데 아마도 나는 이 잘난 버릇을 평생 버리지 못할 것 같다. 현재의 거처인 마포로 이사 오기 전 여의도에서 내리 6년을 살았다. 아시다시피 여의도는 한강을 양 옆구리에 끼고 형성된 지역이다. 이 지역적 특성이 내게 산책의 일상을 선물로 안겨주었다. 특별한 사정이 아니라면 매일 조석으로 시간을 내어 한강변을 거니는 것을 일과로 삼았다. 한강변을 거니는 이유가 꼭 건강 때문만은 아니었다. 나이가 들어가면서 가장 무서운 적이 외로움이라는 것을 알았을 때 나는 무엇보다 그것을 이겨낼 방편으로 걷는 일에 몰두하였다. 외로움은 양날의 칼과 같아서 잘 다스리면 사유의 폭과 깊이를 안겨다

주지만 잘못 다스리면 치명적인 독과 상처를 안겨줄 뿐만 아니라 사람을 영 못쓰게도 만들어버린다. 외로움으로 인해 인간은 얼마든지 추해지거나 망가질 수 있는 것이다. 내 한때의 위대한 스승이었던 한 분도 이 몹쓸 병에 걸려, 평생을 두고 목숨 걸어 아프게 지켜온 자신의 일관된 신념을 스스로 부정하는 것을 목도한 후에 나는 걷는 일에 더욱 의미와 가치를 두게 되었다. 걷다 보면 내 몸 안에 나도 모르게 적층되어온 감정의 불순물들이 시나브로 빠져나가는 카타르시스를 느낄 수 있었다. 또 나는 걸으면서 깜냥껏 살아온 내 과거와 해후하기도 하고 아직 오지 않은 미래를 앞당겨 만나보기도 하였다. 걸으면서 노변의 억센 수염처럼 돋아난 풀과 도열한 나무들과 서해를 향해 완만하게 걸어가는 강물을 바라보고, 자주 형상을 바꾸며 떠다니는, 하늘 정원 안의 구름들을 올려다보고, 또 오가는 행인들의 각기 다른 몸짓들과 표정들을 읽기도 하고, 한가하게 낚싯대를 드리운, 시간을 초월한 강태공들의 여유를 쳐다보며 부러워하기도 하였다. 또 큰비가 다녀간 다음 날은 길가에 패인 웅덩이(명경)를 다녀가며 화장을 고치기도 하고 마른 목을 축이기도 하는 온갖 사물들(하늘의 구름들, 언덕의 나뭇가지들, 꽁지 짧은 새들 등등)을 훔쳐보기도 한다.

이렇게 걷다 보면 불쑥 충동처럼 혹은 은폐된 신의 선물처럼 몸 안에 내재한 시 이전의 어떤 감정 덩어리가 몸 밖으로 갑작스레 튀어나올 때가 있다. 나는 이것들이 나의 무관심과 외면으로 행여나 토라져 달아날까 봐 어르고 달래며 신주 단지 다루듯 조심스럽게 집으로 데리고 와서 컴퓨터 속 파일란에 고이 모셔놓는다. 간간히 시간이 날 때마다 나는 예의 모셔온 그분들을 꺼내어 정성 들여 곱게 화장을 시킨 후 시의 옷을 입힌다. 이렇게 앞태도 살피고 뒤태도 살펴 성장시킨 그들을 대기시켰다가 잡지사에서 초청이 오면 고이 보내드린다. 아니다.

초청이 와서야 부랴부랴 급하게 그들을 화장시키고 성장시켜 서둘러 보내는 경우가 더 많다.

4 ── 한강이 낳은 시편들

이렇게 한강변으로 이사를 오게 된 뒤로 산책을 즐기는 썩 괜찮은 버릇을 여직, 나는 소중하게 여기고 있다. 산책을 하다 보면 사계에 따라 각기 유다른 풍경의 맛을 즐길 수 있는데 그 가운데 나는 겨울 산책을 으뜸으로 여기고 있다. 그것은 찬바람에 온몸을 내맡기며 걷다 보면 지난밤의 들쩍지근한 생각의 오물과 검불들이 부지불식간 휘발되는 상쾌한 기분을 맘껏 누릴 수 있기 때문이다. 그래서인지 최근 들어서는 유난히 겨울에 써진 시편들이 많다. 그중 배경 몇 가지를 소개하면 다음과 같다.

초겨울 대륙을 횡단해온 청둥오리 가족이 수면 위로 유유하게 유영하며 먹이 사냥을 나서고 있고 하늘에는 기러기들이 편대를 이뤄 일사분란하게 날고 있다. 그런데 선착장 주변에는 줄에 묶인 플라스틱 오리 배들이 바람이 불 적마다 안쓰럽게 서로의 옆구리에 주둥이를 박으며 시간의 권태를 가까스로 이겨내고 있다. 저 오리 배들은 지난여름 저를 고용한 주인을 위해 강도 높은 노동에 시달리다가 지금은 실직당한 노동자처럼 무료의 시간을 보내고 있는 중이다. 그러므로 저들의 한가는 달콤한 휴식이 아니다.

지난날을 돌이켜보니 청둥오리는 나의 이상이었고 오리 배는 나의 현실이었다. 나날의 일상 속에서, 내 생의 진자의 추는 청둥오리와 오리 배 사이를 좌우로 오가며 길항해왔던 셈이다. 누구나 청둥오리의 자유를 살 수 있는 것은 아니다. 언제나 나는 청둥오리를 내 삶의 일상복으로 입고 살아갈 수 있을까? 부러운 시선으로 걷자니 하루치의 산책 일정이 다 끝나가고 있다.

몇 해 전 겨울의 막바지를 보내고 솜털 보송보송한 새봄이 막 얼굴을 내밀던 때의 한강 둔치는 또 다른 풍경 하나를 나에게 보여주었다.

공공 근로에 나온 여자들이 새로 조성된 공원에 잔디를 심고 있었다. 서울시(오세훈 시장 재임 기간)의 야심찬 프로젝트인, 이른바 '한강 르네상스' 사업이 막바지로 접어들었다는 것을, 그 풍경은 말해주고 있었다.

잔디로 조성되어가는 한강 공원은 푸른 비단 한 장을 크게 펼쳐놓은 듯 아름다웠다. 하지만 나는, 잔디가 장식해가고 있는 아름다움보다는 새로 이주해오는 잔디 일가를 위해 자신들의 오랜 터전을 떠나고 있는(강제 이주보다 더 가혹한 죽음을 당하고 있는 모습) 잡풀들에게 더 자주 시선이 머물고 있었다. 잔디를 심고 있는 공공 근로자 처지를 닮은 잡풀들을 생각하다 보니 갑자기 인위적으로 조성된 한강 공원의, 아름다운 풍경 속에 무자비한 폭력이 숨어 있는 게 아닐까 하는 의구심이 떠나지 않았다.

또, 오는 봄을 시샘하는지 뜬금없이 강도 높은 꽃샘추위가 찾아온 어느 날은 한강 옆구리 쪽을 궁색하게 파고 들어간 샛강의 이색적인 풍경 때문에 산책의 시간이 연장되기도 하였다. 그날 샛강은 갑작스럽게 몰아닥친 한파로 인해 아주 두껍게 꽁꽁 얼어 있었던 것이다. 샛강이 얼었다는 것이 무슨 뉴스거리가 되랴. 그것은 너무도 흔하디흔한 풍경 중의 하나가 아닌가. 하지만 내게는 그날따라 그 예사로운 풍경이 유다른 의미로 다가왔다.

입을 닫아건 강의 수면 위에는 크고 작은 돌들이 어지럽게 놓여 있었다. 나보다 일찍 강을 다녀간 사람들의 소행이었으리라. 얼어붙은 강은 사람들의 잠자는 본능을 일깨운다. 얼어붙은 강은, 사람들의 무의식 저 안쪽에 도사린 공격 본능을 자극했으리. 세차게 흐르는 강물은 쉽게 얼지 않는다. 유속을 잃거나 고여 있는 물일수록 추위에 약하다. 겨울 내내 결빙으로 자신의 존재감을 증명하고 있는 저 완강한 태도의 샛강도 완연한 봄을 맞으면 시나브로 녹으면서 그렇게 은빛 강철 같은 결빙으로 감추려했던 자신 안에 적재된 치부들을 고스란히 드러내 고약한 냄새를 피워 올릴 것이다.

이른 봄에 나가보니 유빙들이 어지럽게 떠다니고 있었다. 나는 그 볼썽사나운 얼음 조각들을 보면서 지난 대선을 떠올렸다.

어긋난 사랑, 어긋난 관계들을 저것들처럼 적나라하게 보여주고 있는 것이 있을까. 한파가 맺어준 단단한 결속을 저렇게도 한순간에 허물어뜨리다니! 나는 이해타산으로 결속된 인간관계의 해체가 불러온 쓸쓸함을 유빙들을 통해 보고 있었던 것이다. 한몸으로 살았던 어제를 잊고 서로를 불신하며 밀어내고 있는 얼음 조각들은 바로 어제 오늘의 우리들 초상이 아니던가.

이처럼 나는 한강변으로 거처를 옮긴 뒤 버릇처럼 한강을 따라 걸으며 이러저러한 생각들을 두서없이 떠올리게 되었다. 또한 게으르게 산책하는 도중 풍경 이면에 자리한 사물과 세계의 진실에 대한 사유만이 아니라 이미 고인이 된 문우들, 내 생을 다녀간 인연들을 떠올렸고, 떠나온 뒤 자주 찾지 못하는 고향을 호명하기도 하였으며, 이런저런 사연과 오해로 사이가 멀어진 친구들의 안부가 불쑥 그립기도 하였다.

그러면서 새삼 산다는 것의 의미가 무엇일까 하는, 치기 어린 감상에 젖기도 하였다. 질서와 계통 없이 치솟고 가라앉는 생각의 물줄기 일부를 잘라내고 덜어내어, 먹을 간 벼루에 붓을 적셔 어쭙잖게 시로 남기기도 하였다.

어제도 오늘도 내일도 한강은 여일하게 흘러왔고, 흐르고, 또 흐를 것이다. 어제 오늘의 사람들이 그래왔듯 미래의 사람들도 봄 한때를 살다가는 풋것들처럼 그렇게 잠시 잠깐 반짝, 지상으로 얼굴을 내밀어 지지고 볶으며 살다가 가뭇없이 사라져갈 것이다.

되감기가 불가능한 유한하고 일회적인 생을 나는 너무 어둡게만 살아온 것은 아닌가 하는 회한이 까닭도 없이 불쑥 치밀어온다. 내 의지가 아니었지만 내 책임도 피할 수 없다는 것을 알고 있다. 여생은 되도록 경쾌하게 보내고 싶다. 그러나 나는 과연 이런 희망의 주인공이 될 수 있을까. 고질적 병폐처럼 자꾸만 부정과 비관 쪽으로 기울고 있는 내 생의 저울추를 바로잡아 평형을 이룰 수 있을 때 그 희망은 가능태에서 현실로 다가오리라. 가볍게 살기 위해서도 의지와 노력이 필요하다는 것을 나는 알고 있다. 그렇게 하도록 하자. 그러면 내 시도 조금은 가볍고 발랄해지지 않을까.

돌이켜보니 내가 써온 시편들은 살아오면서 내 생을 다녀간 많은 사물과 사람들 중 내게 특별한 느낌과 의미를 주었던 것들에 바쳐진 것들이었다. 요컨대 기억에 의해 재구성된 친화 내지 불화의 '인간살이'이거나 시적 주체와 사물(세계)과의 감각의 '관계망'에 포섭된 것들이었다. 나는 관념 세계를 달갑게 생각하지 않는다. 시적 주체와 사물(세계) 간의 스킨십에서 일어나는 감성의 순간적인 스파크가 시의 불꽃으로 피어오를 때 나는 만족을 느낀다.

시의 부활을 위하여

1 —— 왜 시가 읽히지 않을까?

시가 읽히지 않는 이유로는 내외적 환경 변화를 들 수 있다.

우선 외적으로는 매체 환경의 변화를 들 수 있다. 첨단 문화 매체에 의해 우리들 나날의 일상이 전방위적으로 포섭되어 있다는 것을 부인할 사람은 없을 것이다. 대부분 사람들은 기술 매체에 중독되어 하루 한시도 인터넷과 핸드폰에서 떨어져 살 수 없는 지경에까지 이르게 되었다. 즉, 감수성이 예민한 청년들은 게임에 빠져 지내기 일쑤고 장년층들도 카톡, 페이스북, 트위터 등 SNS에 의존하지 않고는 나날의 무료를 견뎌내기 어려운 지경에 이르게 된 것이다. 이른바 전자 사막 시대를 살아가고 있는 현대판 유목민들은 홀로 있는 시간을 두려워하며 각종 전자 기술 매체를 통해 타자와의 교감과 소통을 꿈꾸고 기대한다. 하지만 이와 같은 방식으로는, 양말을 신은 채 가려운 발등 부위를 긁는 일처럼 진정한 의미에서의 불통과 소외의 가려움을 해소할 수 없다. 요컨대 시가 독자 대중으로부터 멀어진 이유는 이처럼 전자 기술 매체에 중독되어 삶의 권태를 일시적으로 배설할 뿐, 진중하게 앉아 책을 읽고 공감하며 사색하는 일의 수고로움을 기피하는 현상과도 맞물려 있다고 볼 수 있다.

내적 원인으로는 시인들의 시작 태도에서 찾을 수 있다. 소통 불능의 자폐적 언어로 자기들만의 성채 안에 들어가 끼리끼리 암호를 주고받듯, 지극히 제한된 범위 내에서만 작동되는 있는 현재의 소통 체계가 독자들의 시에 대한 흥미를 휘발시켜 왔다고 여겨지기 때문이다. 나는 개인적으로 분재를 취미로 삼는 사람들을 별로 좋아하지 않는데 그 이유는 분재란 엄밀하게 말해서 장애수이기 때문이다. 왜 개인의 취향과 기호 때문에 멀쩡한 나무에게 위해를 가해 장애를 만드는지 도통 그 가학 취미를 이해할 수가 없다. 시작에서도 나는 이런 현상을 본다. 언어를 분지르고 비틀고 학대하여 장애어를 만드는 현상이 소통 불능의 시를 낳는다고 여겨지기 때문이다. 좋은 시란 시상의 자연스런 유로이어야 한다고 생각한다. 물론 난해시의 효용성을 부정하는 것은 아니다. 하지만 난해시도 궁극적으로는 독자의 이해에 가닿아야 한다. 해답이 없는 수수께끼는 수수께끼의 자격을 상실할 수밖에 없듯이 끝내 소통이 이루어지지 않는 시는 시로서의 자격을 지녔다고 보기 어렵다. 『시란 무엇인가』의 저자 유종호 선생의 말을 빌리면 아무리 수수께끼의 난이도가 높다 하더라도 거기엔 답이 들어 있어야 비로소 수수께끼의 자격이 있듯 난해시 역시도 궁극적으로는 소통이 이루어져야만 시의 자격이 있는 것이다. 난해시가 양산되는 배경에는 전위적 실험을 추구하기 때문인 경우도 있지만 시인이 언어를 장악하지 못하는 데서 발생하는 경우도 있을 수 있다. 전자의 경우라면 충분히 납득할 수 있지만 후자의 경우라면 곤란하다. 더불어 시에서의 비문이 더러 비평가들의 상찬의 대상이 되기도 하는데 이 또한 문제가 아닐 수 없다. 비문의 남발이 시의 덕목이 될 수는 없기 때문이다. 물론 여기에도 예외는 있을 수 있다. 시의 효과를 위해 우리는 흔히 '시적 허용'이라 하여 일부러 문법을, 창조적으로 일탈시킬 수 있기 때문이다. 하지만 시적 허용이라는 것도 매우 조심스럽게 그리고 매우 창의적으로 사용해야지 이것이 시 진술의 주가 되어서는 안 되기 때문이다. 오죽하면 시인의 자질을 알려면 그가 쓴 산문을 읽어보라는 말이 나왔겠는가. 그것은 시인의 국어 사용 능력을 불신하기에 나온 말이 아니겠는가.

말이 길어졌지만 이런 내외적 이유로 인해 독자, 대중으로부터 시가 멀어졌다고 생각되기에 두서없이 말을 늘어놓게 되었다.

여기에 덧붙여 독자들 또한 전혀, 책임이 없다고 볼 수 없다. 이 대목 역시 유종호 선생의 말을 빌려 내 의견을 피력하자면 우리의 현실 독자들은 시와 친해지기 위한 지적 투자에는 인색하면서도 시가 어렵게 느껴지면 무조건 시인을 탓하는 경향들이 있는 것 같다. 가령 물리학이나 고등수학, 추상미술이나 고전음악 등이 어려운 것에 대해서는 자신들의 무지를 탓하지만 시가 어려운 것에 대해서만큼은 자신들을 탓하기에 앞서 시인들을 타매하길 망설이지 않는다. 시도 제대로 향수할 수 있으려면 지적 투자를 아끼지 말아야 한다. 세상에 저절로 얻어지는 것은 없다. 하다못해 우리는 스포츠 관전을 하기 위해서도 스포츠 '룰'을 알아야 한다. 룰을 모르면 모른 만큼 관전의 쾌감은 줄어들 수밖에 없는 것이다. '아는 만큼 느낀다'는 말이 있다. 시 역시도 충분히 즐길 수 있으려면 시에 대한 최소한의 '룰' 즉 이미지, 어조, 비유, 상징, 신화, 반어, 역설, 인유, 구성, 패러디 등등 시의 구성요소에 대한 어느 정도의 숙지는 필요하다.

2 ── 우리는 왜 시를 읽어야 하는가?

얼마 전 나는 '왜 일반 대중이 시를 읽어야 한다고 생각하느냐? 각자의 의견을 달라'는 요청을 페이스북 친구들에게 띄운 적이 있었는데 꽤 많은 호응들이 있었다. 중복되는 것을 빼고 나니 대략 다음과 같은 내용들이 남았다. 올라온 내용을 그대로 옮겨본다.

1. 시에는 깊은 성찰과 자신의 삶에 대한 애착은 물론 이웃에 대한 뜨거운 애정이 담겨 있다. 시는 사물과 사물 간의 관계를 맺어줌으로써 우리의 인생과 세상을 아름답고 풍요롭게 만들어준다. 시의 아름다움은 그 시가 지닌 영혼의 깊이와 폭에서 나온다. 아름다운 단어를 단순히 나열한다고 해서 시가 아름다워지는 것은 아니다. 시는 전혀 어울릴 수 없는 낯선 것들을 결합시켜 전혀 다른 모습을 새롭게 보여준다. 시는 서럽도록 아름다운 세상과 생의 살아 있는 표정을 압축된 언어로 표현하여 가장 적절한 형식에 담아낸다. 기발해 보이는 착상도 깊은 사색과 폭넓은 성찰을 통해 얻어진다. 우리는 더욱 풍성한 세상을 만나고자, 나아가 더욱 진실하게 세상 사는 법을 배우고자 시를 읽는다. 시를 통해 상처받은 내면을 치유받고 순수한 인생을 되찾고자 시 감상을 하며 보다 성숙된 인생을 꾸려나가기 위해 시를 읽는다. 시는 존재하는 모든 것에 대한 감성적 접근이 가능하고 신화적 신비적 특성이 있기 때문에 드라마나 소설 영화 같은 장르보다 정서를 표출하기에 훨씬 좋다. 우리는 시 감상을 통해 심리적으로 대리만족과 대리 배설이 가능하며 자기와의 화해 및 세계와의 화해를 이루기 위한 힘을 얻을 수 있다. 시는 상처를 드러내는 것에 그치지 않고 더 큰 세계를 열어둠으로써 상처를 아물게도 한다. 시는 잃어버린 사랑을 목 놓아 울어버리고 그 울음을 안

으로 삼킨다. 시는 슬플 때 어깨를 조금씩 들썩이며 제 손으로 입을 틀어막아도 새어나오는 흐느낌이다. 시는 그 상처를 새로운 불씨로 삼아 나아갈 곳을 찾는다. 홍역처럼 심하게 앓았던 첫사랑의 상처도 사랑의 아픔을 노래한 시나 그 아픔을 위로해주는 시들을 통해 치유될 수 있다. 시는 우리를 지고지순한 사랑으로 이끈다. 사랑의 아픔을 어떻게 안으로 삼키고 키워나가는지를 잘 보여준다. 심하게 앓았던 첫사랑의 상처가 시로 말미암아 치유될 수 있으며, 첫사랑의 그가 진정으로 행복하기를 빌 수 있게 된다.

2. 마음을 순화시키기 위해서 시를 읽는다.

3. 시를 통해 나의 존재감을 확인한다.

4. 시는 무질서한 삶에 질서를 부여하는 행위이다.

5. 시를 읽으면 마음이 자란다.

6. 시는 일상이고 끼니와 같은 것이다.

7. 우리는 보통 '바라보기'라는 말의 목표를 밖에 두는데 나는 나를 바라보는 데 뜻을 둔다. 시가 그렇다. 시에 있어 모든 세상 바라보기는 일차적으로 따뜻한 시선이어야 한다.

8. 시 속에 사람이 있고 우리들이 있기 때문이다.

9. 시를 쓰는 시인은 플로베르의 '일물일어설'처럼 대체 불가능한 유일의 적정어를 선택하기 위해 거듭 생각에 골몰하고 노력한다. 그렇게 창작된 시가 영혼을 정화시키기 때문이다.

10. 언어에 대한 미적 감성을 길러주기 때문이다. 언어의 미적 감성이 길러지면 소통 수단인 언어를 훨씬 더 풍부하게 사용할 수 있고 또 이를 통해 사람들 간의 이해와 연대에도 큰 도움을 주지 않을까 생각한다.

11. 힘겹고 어려운 시련이 닥칠 때 시를 찾게 된다. 척박한 시대에 시를 함께 나누는 이들과 체온을 나누면서 견디는 힘을 얻지 않을까 생각한다.

12. 시는 자신과 세계에 대한 고백이다. 시문학이 아니라면 그 숱한 고백을 누가 할 수 있을까? 차마 하지 못하는 나의 고백을 대신해주는 것이 시(시인)이고 그 시를 읽으면서 내면을 응시하고 위로를 얻게 되는 것이다.

13. 우리의 어린 시절은 시의 형식을 가까이 하지 않아도 시 내용을 생활로 누릴 수 있었다. 멍석 위에서의 식사며 라디오로 듣던 드라마, 개천에서 물장구치며 물고기 잡던 나날들이 바로 시였다.

14. "나랏일을 생각하지 않으면 시가 아니요, 어지러운 시국을 가슴 아파하지 않으면 시가 아니요, 옳은 것을 찬양하고 그른 것을 미워하지 않으면 시가 아니다."라고 다산 선생이 말씀하셨다. 시인은 그 시대 아픔에 가장 민감하게 반응하고 작동하는 인간이다. 시인이 죽은 사회는 이성이 묻혀버린 공동묘지일 뿐이다. 국민이 시를 읽어야 한다는 것은 이성의 횃불이 꺼지지 않도록 시인을 감시하고 지키는 행위라고 생각한다. 시인들 정신 바짝 차려야 한다. 조만간 관을 준비해두고 시를 써야 할지 모른다.

15. 시를 읽어낼 수 있으면 자연을, 사람을, 세상을 읽어낼 수 있다.

16. 게으른 시인이 쓴 시를 더 게으른 독자가 읽으며 소통한다.

17. 감성이 마비되어버리면 이타심도 없어져서 배려가 사라진다.

18. 좋은 시 한 편을 읽고 나면 우주가 세상이 내게 화답해주는 것 같다. 보통 사람이 미처 찾아주지 못한 숨결을 내주기도 하고 또 다른 시선으로 바라볼 수 있는 단초를 열어주기도 하고 세포 하나하

나를 열광시켜준다

19. 시는 세계 의미의 축약이다.

20. 시 자체가 삶이고 삶 자체가 시다. 시를 많이 읽으면 개판 세상이 조금은 정화되는 느낌이 든다.

21. 시는 사물의 존재론적 의미를 드러낸다.

여기에 나는 더 덧붙일 말이 없다. 이상에서 볼 수 있는 것처럼 일반 독자들은 시에 대한 효용성을 상당히 신뢰하고 있다. 시가 나날의 고투에 위로를 줄 수 있고 나아가 정신의 피로에 대한 치유까지도 가능하다고 보고 있는 것이다. 하지만 이와 같이 시에 무한한 믿음을 보여주고 있는 독자들에게 다가가기 위해 우리 시인들은 과연 어떠한 노력들을 기울여왔을까? 나를 비롯해 이 땅의 시인들은 한번 심각하게 자문해볼 필요가 있다. '독자들이 줄고 있다', '시의 시대가 사라졌다'고 비명과 엄살만 떨게 아니라 독자들에게 울림과 감동을 줄 수 있는 시편을 쓰기 위해 과연 우리가 얼마나 애써왔는가?를 먼저 생각해보자는 것이다. 요즘 너무 많이 양산되는 매체 때문인지 시들이 지나치게 남발되는 것 아닌가 하는 염려가 드는 게 나만은 아닐 것이다. 시란 음식으로 치면 발효 식품에 해당된다고 볼 수 있다. 자신의 경험과 정서를 충분히 숙성시킨 연후에야 시작에 임해야 한다. 하지만 최근 경향들은 너무 날것의 생경한 이미지 남발과 과도한 비유의 배설이 주종을 이루고 있어 심히 걱정이 들지 않을 수 없다. 아주 오래전 바다 건너 마을에 살았던 한 유명 시인의 시에 대한 태도에 잠깐 눈과 귀를 기울여보자.

시를 쓰기 위해서는 때가 오기까지 기다려야 하고 한평생, 되도록 오랫동안, 의미와 감미를 모아야 한다. 그러면 아주 마지막에 열 줄의 훌륭한 시행을 쓸 수 있을 거다. 시란 사람들이 주장하는 것처럼 감정이 아니고, 경험이기 때문이다.

한 줄의 시를 쓰려면 수많은 도시들, 사람들, 그리고 사물들을 보아야만 한다. 동물에 대해서 알아야 하고, 새들이 어떻게 나는지 느껴야 하며, 작은 꽃들이 아침에 피어날 때의 몸짓을 알아야 한다. 시인은 돌이켜 생각할 수 있어야 한다. 알지 못하는 지역의 길, 뜻밖의 만남, 오랫동안 다가오는 것을 지켜본 이별, 아직도 잘 이해할 수 없는 유년시절에 우리를 기쁘게 해주려 한 마음을 헤아리지 못해서 기분을 언짢게 해드린 부모님들(다른 사람이라면 기뻐했을 텐데), 심각하고 커다란 변화로 인해 이상하게도 기억에 남아 있는 어린 시절의 질병, 조용하고도 한적한 방에서 보낸 나날들, 바닷가에서의 아침, 그리고 바다 그 자체, 곳곳의 바다들, 하늘 높이 소리 내며 모든 별들과 더불어 흩날려간 여행의 밤들! 이 모든 것을 돌이켜보는 것만으로도 충분치 않다. 하나같이 다른, 사랑을 주고받는 수많은 밤들, 진통하는 임산부의 외침, 가벼운 흰옷을 입고 잠을 자는 동안 자궁이 닫혀져가는 임산부들에 대한 추억도 있어야 한다. 또 임종하는 사람의 곁에도 있어봐야 하고, 창문이 열리고 간헐적으로 외부의 소음이 들려오는 방에서 시체 옆에도 앉아보아야 한다. 그러나 추억만으로 아직 충분하지 않다. 추억이 많으면 그것을 잊을 수도 있어야 한다. 그리고 그 추억이 다시 살아날 때까지 기다릴 수 있는 큰 인내심을 가져야 한다. 왜냐하면 추억 그 자체만으로는 시가 될 수 없기 때문이다. 그 추억이 우리들의 몸속에서 피가 되고, 시선과 몸짓이 되고, 이름도 없이 우리들 자신과 구별되지 않을 때에야 비로소 몹시 드문 시간에 시의 첫마디가 그 추억 가운데에서 머리를 들고 일어서 나오는 일이 일어날 수 있다.

— 라이너 마리아 릴케, 『말테의 수기』 중에서

시 한 편을 직조하기 위해 라이너 마리아 릴케 시인은 심사에 숙고를 거듭하며 여간 심혈을 기울이고 있지 않은가. 이러한 시 정신으로 만든 작품이라야 비로소 독자들의 사랑을 받을 수 있을 것이다. 한국인 특유의 성급한 정신이 시에까지 침투되어서야 되겠는가? 너무들 서두른다. 혹시나 잊히지나 않을까? 혹시나 시단으로부터 소외되는 것은 아닐까? 하는 불안과 초조가 작품의 양산을 부채질한다. 요컨대 시단에도 '악화가 양화를 구축하는' 현상이 도래한 것이다. 이래가지고서는 질 좋은 작품이 나올 리 없다. 독자들에게 시 읽는 즐거움을 제공하기 위해서 우선 시인들부터 시 창작에 대한 비상한 열의와 각고의 노력이 필요하다는 것은 재론의 여지가 없다.

시인으로 산다는 것

1 —— 나는 왜 시인이 되었나

나도 가끔 나에 대해 스스로 궁금할 때가 있다. 그중 하나, 왜 내가 시인이 되었을까? 하는 점이다. 왜냐하면 대부분 시인 작가들이 거쳐 오게 마련인 문학청년기를 나는 경유하지 않았기 때문이다. 이 말은 내가 등단 시기를 즈음하여 어떤 뚜렷한 목적이나 목표 의식을 가지고 문학에 전념해오지 않았다는 뜻이기도 하다. 나는 거짓말처럼 우연하게 문학과 인연을 맺게 되었다. 그러나 그 우연은 이제 내게 필연의 운명이 되어버렸으니 우연치고는 너무 고약한 것이 아닌가 하는 생각이 들기도 한다. 하지만 너무 일방적으로 이렇게만 말한다면 문학(시) 쪽에서 서운해할 수도 있겠다. 문단 말석에 부끄럽고도 볼품없는 이름 석 자나마 올려놓은 덕에 구차스럽긴 해도 호구를 연명해가고 있으니 어느 모로 보나 나는 문학에 상당한 빚을 져오고 있는 셈이니 말이다.

고등학교 3학년 때까지만 해도, 아니 대학에 입학 후 상당 기간 동안에도 나는 문학에 대해 도통 관심이 없었고 그런 만큼 자연 그에 대한 배경지식도 전무했다. 애오라지, 빛 좋은 개살구 같은, 허울만 그럴 듯한 가문이 몇 대째 내리물림하고 있는 가난의 천형으로부터 벗어나고 싶은 일념뿐이었다.

　군에서 제대한 내가 계절학기 복학을 앞두고 있었을 때 어머니가 갑자기 쓰러지셨다. 어머니는 간경화로 돌아가셨다. 평소 내색을 하지 않으셨던 관계로 식구들 중 누구도 그 병세를 눈치채지 못했다. 하지만 이것은 구차한 변명일 뿐 사실이 아니다. 제 궁한 처지들에만 골몰하느라 식구들이 알고도 모르는 척 나 몰라라 하는 동안 악화 일로하던 어머니의 지병은, 계속되는 장마에 수위를 넘은 수압이 가까스로 견인하던 저수지의 제방을 일시에 무너뜨리듯 어머니를 쓰러뜨린 것으로 봐야 옳기 때문이다. 절대적 가난이라는 핑계 뒤에 숨어서 어머니의 죽음을 방치한 면이 없지 않은 식구들로서는 평생 면키 어려운 죄의식을 느끼며 살아가야 할 것이다. 어머니가 돌아가신 후 아버지의 나날은 술에 의존하지 않고는 불가능할 정도이셨다. 그때 아버지 나이 쉰다섯, 지금의 내 나이였다. 그렁그렁 수심이 가득한 눈에 뒷산, 앞산이나 담고 사시는 무능한 아비가 싫어 나는 담 바깥으로만 싸돌아다녔다. 통학이 가능한 거리였지만, 고향인 부여를 떠나 대전에 와서 보냈다. 주말이 되어도 방학이 되어도 가급적 핑계를 대고 집으로 내려가지 않았다. 그때 내가 주로 어울려 지내던 이들이 대전과 충청남도를 기반으로 활동하던, 무크지(비정기 간행물)『삶의문학』동인들이었다. 하지만 문학에 대한 취향이나 관심 때문에 그들과 친연하게 지냈던 것은 아니었다. 의지할 사람들이 필요했다. 사실 내막은 이러했다. 대학 2학년 재학 중일 때 나는 복학생들과 아주 친하게 지냈다기보다는 그들을 잘 따랐는데 이들 중 일부가 졸업과 동시에 예의 동인지 구성원이 되었고 나는 이들과 가깝게 지냈다는 이유만으로 나중에 (군 제대 후 복학과 함께) 그들 무리에 합류하게 된 것이다. 동인들 중에는 이미 『창작과비평』과 『실천문학』등을 통해 등단한 이도 있었지만 대개는 등단 전의 홍역을 한참 앓아대던 문학청년들이었다. 그리고 그들은 모두 내 선배들이기도 했다. 동인들 중 내 나이가 제일 어렸던 것이다. 나는 아직 학생 신분이었고 그들은 이미 졸업을 마친 사회인이었다. 정세가 급류처럼 요동치던 시절이었다. 나는 그들에게서 세상을 보는 안목과 세계를 읽는 태도 등을 익혔다. 그들은 내 생애 가장 뜨거운 나이의 외우이자, 스승들이었다.

내가 최초로 문자로 남긴 시는, 대학 교지에 실린 「엄니」라는 시다. 어머니를 종산에 묻고 돌아온 그날 흩뿌리던 진눈깨비가 그치고, 희뿌연 달빛이 하얀 문창호지를 뚫고 들어와 얼룩덜룩한 벽면에 알 수 없는 상형문자를 그려내던 삼경, 나는 잠든 식구들 몰래 일어나 방구석 저 홀로 외롭게 틀어박힌 앉은뱅이밥상 위에 놓인 부의록을 끌어다 빈 페이지를 열고 그 위에 시편을 썼다. 시가 그 어떤 귀띔도 없이 불쑥, 내 몸속으로 찾아온 것이다.

지극히 불행한 시대와 불우한 개인의 전기적 생애가 미학의 형식을 불러들인다고 말한 이는 헝가리 태생의 문예사상가 게오르크 루카치였다. 나는 이 진술에 기대어, 궁색하고도 지리멸렬하게 전개시켜온 내 시문학의 기원과 배경과 이력을 감히 다음과 같이 말하고자 한다.

1980년대 중반 내가 시에 입문하고 시를 운명으로 받아들였던 것은 문학에 대한 각별한 의지에서 비롯된 것이 아니라 내 개인의 특수한 환경에서 말미암은 것이었다. 요컨대 내가 시를 찾아 나선 것이 아니라 어느 날 불쑥, 넝마의 생활 속으로 시가 얼굴을 내밀어왔던 것이다. 이 말을 너무 거창하게 받아들일 필요는 없다. 오해가 없기 바란다. 내가 무슨 시대의 운명을 타고난 시인이었다, 라는 뜻이 절대 아니다. 나의 경우 환경과 시의 만남은 어떤 의지의 작용에서가 아니라 우연처럼 도래했다는 것 즉 불행하고 불우한 개인의 특수한 환경이 자연스럽게 시를 불러들였다는 정도로 이해해주길 바란다.

2 ── 나는 이렇게 시를 쓴다

오세영 시인은 최근 자신이 펴낸 책『시 쓰기의 발견』(서정시학 2013년 2월 간행)에서 '시 쓰기에 대한 몇 가지 태도'에 대해 다음과 같이 말하고 있다.

"시인이 어떻게 해서 한 편의 시를 쓰게 되느냐 하는 문제에 대해서는 일률적인 해답을 내릴 수 없다. 각자의 개성, 지성, 취향, 처해진 상황, 문학적 감성, 시 창작 관습 등이 한데 어우러져 복합적으로 이루어내는 결과이기 때문이다. 그러나 그 무엇이든 구체적 시 쓰기는 나름의 동기 부여에서 시작되기 마련이다. 어떤 시인은 갑자기 시를 쓰고 싶어서 시를 쓴다. 어떤 시인은 잡지사의 원고 청탁을 받고 시를 써야겠다는 의무감에서 시를 쓴다. 또 어떤 시인은 아름다운 여자의 환심을 사기 위하여 시를 쓴다. 그러나 그 어떤 것이든 시작 동기를 살펴보면 크게 두 가지로 나누어질 수밖에 없다. 하나는 갑자기 시를 쓰고 싶은 충동에 사로잡혀 쓰는 경우요, 다른 하나는 의식적으로 시를 써야겠다는 목적에서 시를 쓰는 경우이다…… 그러나 그 쓰여진 결과를 놓고 볼 때 어떤 특정한 방식만이 우수한 작품을 빚는다고 말할 수는 물론 없다. 어차피 창작이란 이론만으로 되지는 않는 것이다."

여기에 더 붙일 말이 달리 없다. 다만 내 경우는 두 경우가 반복되어 나타나고 있다는 점을 들 수 있겠다. 젊어서는 그냥 쓰고 싶은 충동에 휩쓸려 시를 쓰는 경우가 더 많았다. 그래서인지 서랍에는 미리 써놓은 작품들이 발표를 기다리며 늘 대기 중이었다. 물론 발표 지면이 지금보다 훨씬 더 적었던 탓도 있었지만 도대체가 식을 줄을 몰랐던 열정이 가져다준 결과이기도 했다. 아주 드물기는 했지만 여자에게 환심을 사기 위하여 시를 쓴 적도 있었다. 또 술을 마시다 우연처럼 시를 건지기도 하였다. 연애의 씁쓸한 뒤끝이 쓰디쓴 회한의 시를 남기기도 하였다. 하지만 나이가 들어감에 따라 열정은 소진되고 자연 그에 따라 의무감에 쫓겨 시를 써야 하는 경우가 더 많아지고 있다. 불행하게도 잡지사의 청탁이 있고서야 시를 생각하는 날들이 늘어가고 있는 것이다. 나는 이런 현실이 슬프고 안타깝다. 절제를 모르는 열정 때문에 충동에 휩싸여 시를 썼던 시절은 충분히 아름다웠다. 한밤중 잠을 청하다가도 갑자기 찾아온 시마 때문에 이불을 박차고 일어나 책상에 앉아 꼬박 날밤을 새우던, 아름다운 소모의 시절은 다시 오지 않으리라.

나는 이십대 후반의 잠깐 동안을 빼놓고는 정규직으로 살아본 적이 없다. 한때는 출판사에서, 또 한때는 서울 목동과 노량진 일대의 몇몇 유명한 입시 학원에서, 서른 후반 이후 지금에 이르기까지는 지방과 서울을 오가며 여러 대학을 전전해왔고, 또 전전하고 있는 중이다. 그러다 보니 자연 길 위에서 시간을 보내는 시간이 많았다. 내 시편들 중 상당수가 길 위에서 써진 것들이다. 버스와 기차 속에서 전동차 안에서 나는 틈을 내어 책을 읽었고 차창 밖 스쳐 지나는 풍경들을 일별하다 도둑처럼 불쑥 찾아온 시상을 메모해두었다가 집으로 돌아와 갈무리하여 구성하고, 재구성하고 정리하였다.

최근에는 산책길에서 시상을 주로 구하고 있다. 이 버릇은 7년 전 여의도에 살 때 생긴 것인데 아마도 나는 이 버릇을 평생 버리지 못할 것 같다. 현재의 거처인 마포로 이사 오기 전 여의도에서 내리 6년을 살았다. 아시다시피 여의도는 한강을 옆구리에 끼고 형성된 지역이다. 이 지역적 특성이 내게 산책의 일상을 선물로 가져다주었다. 특별한 경우가 아니라면 나는 매일 조석으로 시간을 내어 한강변을 거닐었다. 한강변을 거니는 이유가 꼭이 건강 때문만이 아니었다. 나이가 들면서 무서운 적이 외로움이라는 것을 알았을 때 나는 걷는 일에 열중하였다. 외로움은 때로 독약과도 같아서 사람에게 치명적인 상처를 안겨준다는 것을 알았기 때문이었다. 외로움을 잘못 다스리면 사람은 얼마든지 추해지거나 망가질 수 있는 것이다. 내 한때의 위대한 스승이었던 분이, 하찮고 사소한 외로움 때문에 아프게 걸어온 자신의 일관된 평생을 스스로 부정한 일을 목도한 이후 나는 걷는 일에 더욱 의미와 가치를 두게 되었다. 걷다 보면 내 몸 안에 내재한 감정의 불순물들이 시나브로 빠져나가는 카타르시스를 느낄 수 있다. 또 나는 걸으면서 지금까지 깜냥껏 살아온 내 과거와 해후하기도 하고 아직 오지 않은 미래를 점쳐보기도 한다. 걸으면서 길가 수염처럼 돋아난 풀과 도열한 나무들과 서해를 향해 완만하게 걸어가는 강물이며 자주 형상을 바꾸는, 하늘 정원의 구름들을 보고 오가는 행인들의 각기 다른 몸짓들과 표정들을 읽기도 한다. 이렇게 걷다 보면 불쑥 충동처럼 혹은 신의 선물처럼 몸 안에 내재한 시 이전의 어떤 감정 덩어리가 몸 밖으로 갑작스레 튀어나올 때가 있다. 나의 외면으로 행여나 그가 토라져 달아날까 봐 어르고 달래며 조심조심 신주 다루듯 모시고 집으로 돌아와 컴퓨터 속에 간직해놓는다. 청탁이 오면 나는 예의 모셔온 그들을 끄집어내어 조탁을 가한 후 시의 옷을 입힌다. 이렇게 태어난 것들이 근래의 내 시편들이다.

3 ── 나의 삶 나의 시(시인으로서 꿈꾸는 세상)

나는 1980년대에 문학을 시작한 사람이다. 사람은 누구나 한 시대 패러다임의 자장 속에 산다. 나 또한 예외일 수 없다. 1980년대의 패러다임이 오랫동안 나를 관장해왔다. 물론 지금은 물리적으로나 심리적으로나 그 시대의 패러다임으로부터 상당히 멀리 걸어왔지만 속내는 여전히 그 시대의 기원으로부터 자유롭지 못한 것이 사실이다. 주지하다시피 지난 1980년대는 거대 담론의 시대였다. 문학예술의 저울추가 한쪽으로 불균형하게 기운 시대였다. 그 시절에는 굵직굵직한 주제와 소재들을 즐겨 다루었다. 예컨대 '계급'이니 '민족'이니 '민중'이니 '통일'이니 하는 따위가 문학의 주요 담론이었던 것이다. 하지만 1990년대 초 사회주의가 연쇄적으로 붕괴됨에 따라 거대 담론에 대한 회의가 대두하게 되었고 이를 초월 극복하고자 하는 여러 미시 담론들이 각축하듯 무성하게 전개되었다. 예컨대 서양의 근대 계몽 이성 담론이 해체되고 그 자리에 새로운 담론인 포스트모더니즘이 들어서게 된 것이다. 이른바 모더니즘을 초월 내지 극복하고자 나타난 페미니즘, 생태주의, 탈 역사주의, 에코 페미니즘 등이 바로 그것이다.

시문학도 이런 흐름과 변화에서 비켜갈 수 없었다. 지난 연대에 주를 이루었던 노동시, 통일시, 농민시, 전위 실험시 대신에 도시시, 생태시, 여성시, 일상시, 정신시, 선시 등속이 등장하게 된 것이다.

1980년대의 적자로서 나도 한때 주제넘게 거창한 꿈을 꾼 적이 있었다. 시가 사회 변혁을 주도할 수 있다는 맹신에 사로잡힌 것이다. 그러한 이념의 추종자로서 정치, 경제, 사회 등 각 방면에서의 구조적 모순에 처한 현실에 메스를 가하여만 하며, 한 시대 구성원으로서 시인은 마땅히 현실 변혁에 적극적으로 투신해야 한다는, 틀에 박

헌 생각을 가졌던 것이다. 어떻게 보면 암울했던 당대의 현실이 감수성 예민한 시인 작가들에게 그러한 당위로서의 의무감을 압박한 측면도 없지 않았다. 생각해보라, 그가 최소한의 시민 의식과 윤리 의식을 지닌 이라면 광기와 야만으로밖에 달리 표현할 길이 없는 지난 연대를 어떻게 과연 수수방관하며 보낼 수 있었겠는가. 문학인이 사회 변혁에 앞장서는 일은 당시의 정황으로서는 어쩌면 주어진 숙명과도 같은 일이었는지도 모른다. 나는 내가 할 수 있는 수준과 범위 안에서 그 일에 찬동하고 참여하였다. 하지만 세월은 우리의 의지대로 흘러가지 않았다.

나는 이제 더 이상 문학이 사회 변혁의 무기가 되어야 한다고 생각하지 않는다. 이런 생각은 더 이상 가능하지 않을 뿐 아니라 시대착오적이기까지 하다. 또한 나는 지난 연대처럼 문학이 사회적 변혁을 위한 도구가 되어야 한다고 강변하는 어리석은 맹목의 계몽주의자도 아니다. 하지만 문학이 자신들만의 자폐의 성 안에 갇혀 자신들만을 위한 축제에 빠져서는 안 된다고 생각한다.

지금 우리 시대는 너무 많은 분열로 넘쳐나고 있다. 남과 북의 오랜 반목과 대립에서 연유된 갈등과 분열의 양상은 이후 남남 갈등으로 번져, 갈수록 그것을 심화시키고 있는 지경에까지 이르렀다. 갈등과 분열이 사회 구성원에게 내면화되어 그것을 지각하지 못하는 단계에 이르렀다. 지역 간의 갈등, 자본과 노동 간의 갈등, 이념 간의 갈등, 남녀 간의 갈등, 세대 간의 갈등, 거기에 최근에는 새롭게 생긴 강남과 강북 간의 갈등까지 더해져 난마처럼 얽혀 어지러운 형세를 이루고 있는 실정이다. 편 가르기가 만연해 있는 오늘의 현실을 문학인이라고 해서 피해갈 수 있는 것은 아니다. 갈등 그 자체가 나쁜 것은 아니다. 갈등은 때로 새로운 에너지를 창출하고 삶과 생에 동력을 실어주기도 하기 때문이다. 하지만 고은 시인의 지적처럼 우리의 경우 갈등에 굳은살이 생겼다는 점이 문제다. 활력이 아닌 갈등의 경화는 결코 사회적 생산을 이룰 수가 없다.

시인으로서 시인에게 주문하고 싶은 것은 앞서 언급한 것처럼 갈등과 분열로 갈가리 찢겨진 불모의 현실을 외면하지 말고 그것에 주의하고 주목하자는 것이다. 그러한 관심과 표명이 불화와 불신과 불통을 해결하는 첫걸음이 되기 때문이다. 나는 문학이, 시가 여전히 그런 역할에 일정 부분 참여해야 한다고 생각한다. 물론 예전의 방식이 아닌 새로운 방식으로.

시인으로서 내가 꿈꾸는 세상은 다른 것이 아니다. 우리들 삶에 최소한의 안전망이 구축된 세상, 사회적 약자가 자신들의 불우한 처지를 자유롭게 발언하고 호소할 수 있는 세상, 서로를 벼랑 끝으로 내모는 극단의 대결 의식에서 벗어나 평화 속에서 민족이 공존하고 공생할 수 있는 길을 도모하는 국가적 분위기, 계층과 지역과 세대와 남녀 간의 불통이 해소된 세상, 이념의 차이로 편 가르기를 하지 않는 세상, 차별이 없는 세상, 실패한 가장과 청소년을 자살로 내몰지 않는 세상, 만인의 만인에 대한 투쟁이 없는 세상, 일등만 기억하지 않는 세상, 사교육비 부담으로 결혼을 기피하지 않는 세상, 어느 정치인이 내세운 슬로건처럼 '저녁이 있는 삶', 취직, 퇴직 걱정 없는 세상…… 희망 사항을 열거하자면 이루 헤아릴 수 없이 많다.

그러나 시가 무엇이건대 이상 열거한, 이 엄청난 일들을 감당할 수 있겠는가. 감당하자는 게 아니다. 하지만 시가, 시인이 이러한 일들에 작으나마 관심을 표명하는 일을 하자는 것이다. 김수영은 그의 산문 「시여, 침을 뱉어라」에서 "모기만 한 목소리가 38선을 뚫는다."라고 말했다. 좌절하기에 앞서 모기만 한 목소리가 모이고 모여 태산을 이룬다면 38선을 뚫는 일이 가능할 수 있다고 시인은 말하고 있지 않은가. 김수영 시를 공부하고 연구하는 사람들은 부지기수로 많아도 그의 시와 산문을 실천하는 사람들은 드문 것 같다. 여기까지 말하고 나니 나는 내가 어쩔 수 없는 시대의 지진아라는 생각이 든다. 여전히 계몽의 미몽에서 벗어나지 못하고 있는 걸 보면.

4 ── 시인으로서의 삶에 대한 지금의 생각(시인으로서의 삶에 대한 개인적 의미)

누구나 자신의 걸어온 생을 되돌아보면 감회가 생기지 않을 수 없을 것이다. 올해로 내 나이 쉰여섯이다. 결코 적다고 할 수 없는 나이다 보니 살아갈 앞날보다는 지나온 날들을 더 자주 돌아보게 된다. 그럴 때마다 회한 서린 추억들이 맨얼굴을 내밀어온다. 그중 가장 가슴 아픈 일은 내 생을 다녀간 그 많은 인연들을 잘 갈무리하지 못했다는 점이다. 오늘의 나는 저절로 생겨난 것도 아니고 혼자 만들어온 것도 아니다. 나를 다녀간 그들이 아니었던들 오늘의 내가 과연 존재할 수 있었겠는가.

나는 이른바 한때 주소가 길었던 상경파였다. 예전에는 주소가 길면 대개가 가난했다. 자기 집을 갖지 못한 사람들이 남의 집에 얹혀살아야 했기 때문이다. 마포로 이사 온 지 일 년이 좀 지났는데 다시 거처를 옮겨야 한다. 서울에 살림을 부리고 난 뒤 이번까지 합해서 도합 열두 번째 이사다. 하지만 이번엔 남의 집이 아니다. 정규직인 아내가 빚을 얻어 덜컥 일을 저질렀다. 서울로 올라온 지 삼십 년 만에 비로소 내 집이 생긴 것이다. 참으로 긴 시간 먼 길을 걸어온 셈이다. 이

길을 나는 시와 함께 걸어왔다. 만약 시가 없었더라면 나는 도중에 주저앉았을지 모른다. 매번 시는, 내가 지친 기색일 때 가장 먼저 달려와 손을 내밀어주었다.

지금 나는 시인으로서의 내 삶이 그리 싫지 않다. 알량하나마 문단의 말석에 이름 석 자를 올린 덕에 호구를 마련해나갈 수 있게 해준 것이 시였기 때문이다. 또 시가 지리멸렬한 내 생애에 있어 일시적이긴 하지만 구원을 가져다주기도 했기 때문이다. 내 시가 내 손을 떠나 거리에 나갔을 때 누군가의 눈에 밟혀 그에게 작으나마 위안을 주는 경우도 더러 있었다는 소식을 풍문으로 전해 듣고 행복과 자부를 느끼기도 했다.

신神은 과거나 미래에 존재하지 않는다. 신의 거처는 현재의, 일상 속에 있다. 또, 신은 외부에 존재하지 않고 우리 몸속에 내재해 있다. 그러므로 나는 하루, 하루의 삶에 충실할 필요가 있다. 생활은 촛불이다. 언제든 꺼질 수 있는 것이다. 촛불이 타오른다. 촛불은 타오르는 동안만 촛불이다.

무언가에 쫓겨 늘 바지런히 앞만 보고 걷다가 무심코 뒤돌아보면 거기 시詩가 땀에 젖은 얼굴로 나를 바라보는 날들이 많았다. 그런 시가 안쓰러워 떨쳐내지 못하고 조강지처인 양 여직 품어 다니고 있다. 가까이 들여다보니 그새 주름이 자글자글 그녀(시)도 나처럼 늙어가고 있다. 이제 걸음의 속도를 늦춰 늘 숨차 하는 그녀와 나란히 보폭을 함께하리라.

지상의 낙지 족들인 담쟁이들은 등로에 충실할 뿐 등정을 고집하지 않는다. 매 순간 오르는 일이 아프고 아름다운 결실이므로 그들은 꿈의 실현과는 아무런 상관이 없이 살아간다. 시지푸스의 후예들인 그들을 닮고 싶다. 나날이 결실인 삶을 살아가련다. 오늘 하루 열심히

산 사람은 행복한 사람이다. 내일을 위해 오늘을 제물로 바치지 않으
리라. 살며 사랑할 시간이 얼마 남지 않았기 때문이다.

페이스북의 빛과 그늘

　페이스북 타임라인과 뉴스피드에는 자신이 올린 글뿐만 아니라 친구들의 동정이 실시간으로 게시된다. 페이스북에서는 자신과 친구로 맺어진 사람들의 반응과 정서, 감정을 '좋아요'와 답글을 통해 공유할 수 있다. 이것이 소셜네트워크서비스의 특성이 발현되는 지점이다. 인터넷의 월드와이드웹이 웹문서끼리 연결되는 하이퍼링크면 페이스북의 타임라인과 뉴스피드는 사람들끼리 만드는 하이퍼링크다. 페이스북 이용자들은 서로의 감정과 생각, 정서를 실시간으로 하이퍼링크한다. 그래서 어떤 정서나 의견이 전달되는 속도가 매우 빠르고 그 전달 범위 또한 매우 넓다.

1 ── 나는 왜 페이스북을 하는가

나이가 들면서 무서운 적이 외로움이라는 것을 알았을 때
내가 가장 먼저 한 일은 핸드폰에 기록된 여자들
전화번호를 지워버린 일이다 외로움은 사람을 한없이 추하게 만든다
술이 과하면 전화하는 못된 버릇 때문에 살아오면서 얼마나 나는 나를
함부로 드러냈던가 하루에 두 시간 한강변 걷는 것을 생활의 지표로
삼은 것도 건강 때문만은 아니다 한 시대 내 인생의 나침반이었던
전설적인, 위대한 스승께서 사소하고 하찮은 외로움 때문에
자신이 아프게 걸어온 생을 스스로 부정한 것을 목도한 이후
나는 걷는 일에 더욱 열중하였다 외로움은 만인의 병 한가로우면
타락을 꿈꾸는 정신 발광하는 짐승을 몸 안에 가둬
순차시키기 위해 나는 오늘도 한강에 나가 걷는 일에 몰두한다
내 일상의 종교는 걷는 일이다

─「내 일상의 종교」 전문

집들이 흔들리고 있다. 집이 흔들리니 집 속의 방들이 불안하여 거리로 쏟아져 나오고 있다. 도심의 거리를 걷다 보면 웬 방들이 그리도 많은지 일일이 헤아릴 수 없을 정도이다. 우리나라처럼 거리에 방들이 쏟아져 나와 성업 중인 나라가 있을까. 노래방, 찜질방, 모텔방, DVD방, 전화방, 소주방, 빨래방 등등. 뿐인가, 인터넷 속에는 수천,

수만의 방들이 접속 중이 아닌가. 이것은 집 속의 방들이 제 역할을 못하기 때문이다. 가족 구성원들조차 고립, 유폐, 단절되어 각자 섬으로 살아가기 때문이다.

거리에 쏟아져 나온 방들의 성업 여하가 우리들 이곳 현실의 행, 불행의 지표라고 말할 수 있다. 집 속의 방들이 제 역할을 못 하니 사람들은 그 부재와 결핍을 거리의 방들에서 채우려 드는 것이다. 그러나 그것은 여름날 더위와 갈증을 청량음료로 달래는 것과 무엇이 다르랴. 마시고 난 뒤면 더 큰 갈증을 불러올 뿐 근원적 해결책을 그것들은 제시해주지 못한다. 이와 같은 가족 구성원 간의 단절과 유폐를 가져오는 가장 큰 배경에는 자본과 기술이 있을 것이다. 그런데 왜 사람들은 거리의 방들을 소비하는 것으로도 모자라 SNS에 빠져드는가. 절대적 고립감을 이기지 못하기 때문이다. 거리의 방만으로는 해결할 수 없는 단절과 유폐의 감정이 SNS로 달려가게 만드는 것이다. 이런 면에서 볼 때 SNS는 거리의 방보다 한 단계 더 심화된 기능의 또 다른 방이라 할 수 있을 것이다. 즉 거리의 방들보다 훨씬 더 적극적으로 소통을 호소하고 실현하는 공간이라 할 수 있을 것이다.

페이스북에 가입한 지 어느새 석 달이 좀 지나고 있다. 서서히 중독 증세가 나타나고 있다. 중독 증세에 시달리면 시달릴수록 나의 번민은 깊어져간다. 아, 나는 왜 이 무위한 짓거리를 계속하고 있는 것인가. 시간 낭비가 아닐까. 과연 이곳이 진정한 소통과 열림의 장이 될 수 있을까. 소통과 열림의 진정성보다 혹 일시적인 외로움의 해소 나아가 아주 불순한 의도로 인기에 영합하기 위해 이 일에 매달리는 것은 아닐까. 이렇듯 갈등과 번민에 휩싸여 있는 중에도 나는 수시로 책상 앞으로 달려가 책 대신 컴퓨터를 켜놓고 남의 쪽 글들을 읽고 내 단상을 올리고 '좋아요'를 확인하고 댓글을 단다. 집을 나와 이동 중일 때도 예외가 아니다. 버스와 지하철에서, 심지어는 거리를 걷는 중에도 틈틈이 핸드폰 앱을 열어 페이스북에 열을 올리고 있는 나 자신을 발견하고 스스로 놀라곤 한다. 그럴 때마다 자제하자고 결심하지만 결심은 결심으로 끝날 뿐 실행으로 옮겨지지 않는다.

나는 왜 중요한 일들을 팽개치고 하찮은 페이스북에 매여 살아가고 있는가. 이곳에 구원이나 해방이 있다고 전혀 생각하고 있지 않으면서 가지를 떠나, 물살에 실려온 마른 나뭇잎이 갑작스럽게 소용돌이를 만나 걷잡을 새 없이 빠져드는 것처럼 나는 왜 의지의 수족을 잃은 채 허우적거리고 있는 것인가.

올 초 군에 입대한 아들이 훈련 3주째가 되자 집에 편지를 써 보냈다. 구구절절한 사연 끝에 아비인 내게 청을 하나 넣고 있었는데, 다름 아니라 자신이 쓰던 '페이스북'에 들어가 타임라인(담벼락)에 현재의 거처인 훈련소 주소를 아들 페친들이 알 수 있도록 적어달라는 내용이었다. 그렇게 해서 나는 그동안 귀동냥으로만 들었던 페이스북을 처음 접하게 되었다. 나는 주소만 올리기가 뭣해 추운 겨울 최전방에서 훈련을 받고 있을 아들의 처지가 안쓰러워 아비 된 자로서의 감상을 양념으로 버무려 짧은 줄글을 올려놓았는데 그만 이것이 의외의 폭발적 반응을 불러와 깜짝 놀라게 되었다. 그것은 참으로 놀라운 경험이었다. 그러던 차 지난 3월 중순경 우연히 만난 시인 김주대 군으로부터 페이스북의 매력과 장점에 대해 강론을 듣게 되었다. 나중에 알고 보니 그는 이미 그 세계에서 페친들로부터 황태자 대우를 받고 있었다(참고로 그의 페친은 5천 명이다). 그는 말하기를 쌍방향 네트워크 장인 페이스북을 통해 자아실현을 할 수 있었고 수많은 사람들을 친구 삼아 소통할 수 있었다. 요컨대 페이스북은 자기를 가장 자기답게 살게 해주었다는 것이었다. 또한 발표 지면이 절대적으로 부족한 자신으로서는 페이스북이 하나의 발표의 장이 되어줌으로써 표현의 욕구를 맘껏 발산할 수 있었다는 것이었다. 그러면서 그 뒤로 만날 때마다 집요하게 내게 페이스북 가입을 적극 권유하기 시작하였다. 비록 일회성이긴 하나 이미 페이스북을 강렬하게 체험한 바 있는 나로서는 그의 말이 솔깃하게 다가왔다. 결코 허황한 과장으로만 들리지 않았다. 하지만 기계치인 나는 선뜻 용기가 나지 않았다. 마음은 있으나 뭔가 두려워 자꾸 망설이고 머뭇대자, 그가 발 벗고 나섰다. 가입의 모든 절차를 그가 대신해주었다. 그렇게 해서 나는 그 세계에 들어설 수 있었다.

2 ── 페이스북의 빛

가입하고 나서도 처음 한동안 나는 그들의 행위를 지켜보기만 하였다. 하지만 날이 지나자 서서히 페이스북의 세계 속으로 빠져들어 가는 나 자신을 발견할 수 있었다. 우선은 재미있었다. 무엇보다 생면부지 인들과 친구로 지낸다는 사실이 신기했다. 이곳에서는 낯을 가리지 않아서 좋았다. 또 연령과 직업과 남녀를 구분하지 않고 친구가 될 수 있다는 점도 흥미로웠다. 쪽 글을 올리면 그 즉시 반응을 보인다는 것도 그럴 수 없이 매력으로 다가왔다. 시간과 장소의 구애를 받지 않고도 전국에 산재한 이들뿐만 아니라 바다 건너에 사는 이들과도 아무 격의 없이 사사로이 의견과 감정을 나눌 수 있다는 점에 나는 점점 매료되어갔던 것이다. 이른바 공유의 세계가 열린 것이다. 외로움을 해결하는 데 이것 이상의 좋은 것이 없었다. 나는 틈만 나면 쪽 글을 올리고 그들의 반응을 살폈다. 여기에 올린 글들 중에 반응이 좋은 것들은 컴퓨터에 다시 저장한 뒤 나중에 다듬어서 잡지에 발표하였다. 시간이 흐르면서 페이스북은 그때그때 떠오르는 내 단상을 적어놓아 저장해놓는 메모리칩이기도 했고 종이 매체로 가기 전의 최초 발표 매체이기도 했다.

시인 동업자는 페이스북이 좋은 이유를 다음과 같이 밝히고 있다.

그림과 함께 글을 써서 페이스북에 올렸더니 많은 사람들이 댓글을 달며 좋아해주었다. 신기하고 재미있었다. 하도 많은 댓글이 달려서 일일이 답글을 써주지는 못했지만 자다가도 일어나 댓글을 확인하는 버릇이 생겼다…… 그리고 그날 이후로 시를 쓰면 무조건 다 페이스북에 올렸다. 페이스북이 시 발표 장소가 되었다. 문예지에 발표하면 기껏 몇백 명이 읽던 시를 페이스북에 발표하면 오천 명, 만 명이 읽는 셈이 되는 거였다. 기뻤다. 창작의 자위행위는 끝나고 시로 더 많은 독자들과 더불어 웃고 울게 되었다. 일상의 사소한 얘기로부터 인생의 무겁고 깊은 이야기까지 모두 나누게 되었다.

― 김주대, 산문, 「SNS에 빠지다」 부분 인용

3 ―― 페이스북의 그늘

하지만 페이스북이 만병통치약일 수는 없었다. 이 짓에 몰두하느라 너무 많은 시간을 낭비하는 게 아닌가 하는 회의가 수시로 나를 찾아와 괴롭혔다(그동안 우연하게 알게 된 결과인데 페이스북에서 인기를 누리는 스타들은 대체로 다음과 같은 조건을 갖춘 이들이 많았다. 물론 이것이 절대적이거나 객관적인 조건은 아니다. 어디까지나 내 주관적인 생각일 뿐이다. 첫째 그들 중에는 비정규직이거나 무직인 경우가 많았다. 둘째, 돌싱들이 많았다. 셋째, 하루에 적어도 다섯 번 이상의 다양한 화제의 글을 올리고 있었다. 넷째, 사진, 만화, 영상 등 하위 장르를 적극 이용하고 있었다. 다섯째, 하이퍼텍스트성 글쓰기의 재능이 탁월했다. 여섯 번째, 내용이 지나치게 진지하거나 무겁지 않았다. 등등. 이러한 조건을 갖추려면 우선은 시간의 구애를 받지 않아야 한다). 또한 외로움에 대한 일시적 방책은 될는지는 모르겠으나 근원적 해결책은 아니라는 생각도 들었다. 기계에 의존하는 삶이란 한계가 없을 수 없다. 여기에서의 만남은 말의 온전한 의미 그대로 쿨, 하다. 언제든 수시로 만날 수 있고 또 언제든 수시로 헤어질 수 있다. 서로 간에 감정 비용을 지불할 필요가 없는 것이다. 사정이 이렇다 보니 만남 그리고 소통과 열림에 과연 진정성이 있을 수 있겠는가 하는 생각이 들지 않을 수 없었던 것이다.

페이스북, 트위터의 팔로워 숫자는 매일같이 늘어가는데 오히려 진짜 친한 친구와의 관계는 소원해질 수도 있다. 그렇다면 SNS 라이프를 돌아봐야 한다. SNS 상의 팔로워들이 친구와 맞바꿀 만큼 소중한 것이 아니라면 말이다.

그동안 페이스북은 사적 정보의 보호와 공개 사이에서 모순된 이중성을 통해 성장했다. 페이스북이라는 공간에서는 사적인 것과 공적인 것이 서로 결합된다. 사적인 것과 공적인 것의 구분이 의미가 없는 것이다. 익명의 가짜 정체성과 현실 세계의 진짜 정체성도 달리 구별되지 않는다. 현실 세계와 온라인 페이스북 안의 정체성이 서로 엉기고 양쪽을 오가면서 사생활의 고유 영역은 공개된 기록의 영역과 뒤섞인다. 이제 익명성 뒤에 숨었던 복수 정체성의 시대는 지나가고 페이스북류의 공사 융합, 위선위악 혼합, 드러냄과 감춤의 복합체, 얼굴 표정에 대한 섬세한 관리의 시대가 된 것이다.

외로움 속에서 시간을 우려내야 사유가 풍부해지고 상상 세계가 흘러넘칠 수도 있는데 고일 새 없이 바닥을 긁어내 외로움을 휘발시킴으로 해서 사유에 흙물이 이는 것은 아닐까 하는 것과 사생활이 너무 노출됨으로써 예기치 않은 불행을 자초하는 것은 아닐까 하는 염려가 아니 드는 것이 아니었다.

연구자들에 의하면 평소에 외로움을 많이 느끼고 습관적으로 SNS를 이용하는 사람들이 SNS 중독 성향이 나타날 가능성이 높다고 한다. 또한 정보 추구 정도가 높은 사람일수록 중독 성향이 높게 나타난다고 한다. 이는 SNS 중독 성향을 가진 사람들은 대체로 현실 공간에서 외로움을 느끼고 이를 해소하기 위한 차원에서 습관적으로 SNS를 이용하는 사람들이라는 점을 의미한다. 아울러 페이스북을 통해서 다양한 정보를 얻음으로써 외로움을 해소하려는 사람들은 SNS 중독 성향이 높을 수 있음을 증명하는 것이다.

이래저래 고민이 깊어지고 있다. 하지만 당분간 나는 페이스북을 떠나지 못할 것이다. 앞서 열거한 걱정거리가 아직은 구체적 현실의 문제로 찾아오지는 않았기 때문이다. 하지만 언젠가 그것들이 내 현실의 문제로 찾아왔을 때 나는 과감하게 페이스북과의 이별을 감행해야 할 것이다. 그러면 담배를 끊고 한동안 금단현상에 시달렸듯이 또 한 번의 금단현상에 애를 먹겠지만 말이다.

나는 표절 시인이다

　어제 오후(2015년 10월 5일 오후 2시) 일산행 전동차 안에서 뜻밖에도 김남조 선생님으로부터 전화 한 통을 받게 되었습니다. 선생님께서는 이런저런 이야기 끝에 시인이 출판 일을 맡아 하다가 시업에 소홀한 경우를 더러 보았는데 그러지 말기를 당부하면서 그러려면 매 순간 시에 대한 긴장을 놓지 말아야 한다고 말씀하셨습니다. 시로 평생을 살아오신 원로의 말씀을 어찌 귓등으로 흘려들을 수 있겠습니까? 마땅히 금과옥조로 여겨 뼈에 새겨야 한다고 생각하면서, 최근 들어 까닭 없는 무력과 권태로 형편없이 느슨해진 정신을 가다듬어 각오를 다지려던 차에 이름도 내용도 아름다운 '풀꽃문학상' 수상 소식을 듣게 되었습니다. 그런데, 이 때 어제의 원로의 말씀과 오늘의 '풀꽃문학상' 수상 소식이 내게는 마치 우연이 아닌 무슨 필연의 연결 고리처럼 느껴졌습니다. 이 두 가지 선물은 나에게 시업에 더 이상 방만하지 말라는 채찍과 격려로 들려왔기 때문입니다.

　그동안 나는 자연과 인생을 표절해온 시인이었습니다. 앞으로도 그러할 것입니다. 시를 위해 어제는 강에 나가 강물 두어 되 빌려다 문장의 독에 부었고, 그제는 산에 가서 꽃향기 서너 종지와 새 울음 한 봉지를 꾸어다가 시의 텃밭에 뿌려두었습니다. 오늘도 가만있지를 못하고 교외로 나가 사정사정한 끝에 초록 말갛웃을 차용해서는 시문의 채

전에 거름으로 묻어두었습니다.

평생을 이렇듯 자연을 빌어다 짓는 시 농사인데 알량한 고료라도 받는 날이면 그걸 갚을 새 없이 삼겹살에 소주를 사서 주린 입에 넣는 데만 골몰하여왔습니다. 이제는 자연에 빚도 갚으며 사는 사람이 되겠습니다. 열심히 자연(풀꽃)을 닮은 삶을 사는 일이 빚을 갚는 일이라 믿고 그러하겠습니다.

구름을 밀며 나는 새의 날갯짓에 밑줄을 긋고, 바람 없는 날 비단실처럼 흐르는 강물에 밑줄을 긋고, 자라처럼 목을 어깨 속에 감추고 언덕길에 숨 흘리는 노인의 신발 뒤축에 밑줄을 긋고, 공중의 백지에 일필휘지하는 붓꽃 향기에 밑줄을 긋고, 늦은 밤 방범창을 타고 넘어오는 이웃집 여인의 가느다란 흐느낌에 밑줄을 긋고, 하늘 정원에 핀 별꽃 문장에 밑줄을 긋는 시인이 되겠습니다.

상을 주신 심사위원 선생님들에게 머리 숙여 감사의 인사를 올립니다. 큰 죄 짓지 않고 열심히 살겠습니다. 감사합니다.

책 읽어주는 남자
밀란 쿤테라의 『참을 수 없는 존재의 가벼움』
프라하의 봄, 역설의 아름다움

유리창 깨지듯 봄이 와장창 요란한 소리로 찾아온다. 따뜻한 햇살 한
올 한 올 거둬다가 창문에 드리운다. 때론 화창한 봄날이 오는 게 두
렵고 무섭다. 봄볕이 이 나무 저 나무 깨워 꽃들이 철없이 피어날까
봐, 만개한 꽃 속에서 울음의 파도 소리를 들을까 봐. 그러다 보고야
말았다. 젊은 시절, 제목만으로도 손이 절로 갔던 『참을 수 없는 존
재의 가벼움』을.

'영원한 회귀란 신비로운 사상이고, 니체는 이것으로 많은 철학자
를 곤경에 빠뜨렸다. 우리가 이미 겪었던 일이 어느 날 그대로 반복될
것이고 이 반복 또한 무한히 반복된다고 생각하면! 이 우스꽝스러운
신화가 뜻하는 것이 무엇일까? 1984년에 발표된 『참을 수 없는 존재
의 가벼움』의 첫 구절이다. 소설은 표면적으로 토마시와 테레자, 사
비나와 프란츠 등 네 남녀를 중심으로 펼쳐지는 사랑 이야기다. 하지
만 그 이면에는 니체의 영원회귀 사상 등 만만치 않은 철학적 사유를
내포하고 있다. 쿤데라는 영원성의 무거움과 일회성의 가벼움, 옳고
그름, 좋고 나쁨 등 세상에 존재하는 양면성에 대한 고민을 담아냈다.

1 ─── 짓밟힌 봄날의 기억

여기에 자유로운 사회주의를 표방한 체코의 '프라하의 봄'이라는 격변이 포개진다. 1968년 1월 총회에서 안토닌 노보트니가 당 제1서기를 사임하고 개혁파인 알렉산데르 둡체크가 그 자리를 맡게 되었다. 그는 국가 주요 요직에 개혁파를 임명했으며, 4월에는 '인간의 얼굴을 한 사회주의'라는 행동 강령을 발표했다. 이후 언론 · 집회 · 출판의 자유가 보장되고, 자유화를 위한 정책적 변화가 있자 온 국민은 '프라하의 봄'이라 부르며 환영했다.

하지만 따뜻한 봄날은 그리 오래가지 못했다. 체코의 민주 자유화 운동은 소련과 동구권 국가들을 긴장하게 만들었기 때문이다. 1968년 8월 20일 밤, 20만 명의 군대와 2,000대의 탱크가 체코의 국경을 넘었다. 체코는 소련에 완전히 점령당하고 말았다. 개혁 정치를 시작한 둡체크와 정치인들이 모스크바로 연행되었다. 둡체크는 모스크바 의정서에 서명하고 목숨만은 부지했다. 이로써 프라하의 봄은 끝났다 1969년 4월 당 제1서기가 된 구스타프 후사크가 사태를 수습하고 체코는 다시 소련에 편입되었다.

체코의 지식층이었던 밀란 쿤데라는 그 시절, 민주 자유화를 위한 운동에 참여한 바 있었다. 이 때문에 프라하의 봄이 끝난 뒤 체코를 비롯한 동구권에서 그의 책은 대부분 금서로 지정되었다. 『참을 수 없는 존재의 가벼움』은 쿤데라가 프랑스로 이주한 후 쓴 것. 나중에 『프라하의 봄』이라는 영화로도 만들어졌다. 실제로 프라하에서는 같은 이름의 봄 페스티벌이 열리는데, 소련 침공에 대항한 체코의 민주 자유화 운동을 기념하는 것이다. 매년 5월 12일에 시작해 6월 1일에 끝난다. 이 행사는 1968년 소련군이 탱크를 앞세워 프라하 시내를 침공했을 때에도 거행되었다. 그러다 1990년 소련이 붕괴하고, 체코가 민주화가 된 뒤부터 유럽의 대표적인 음악 축제로 발돋움했다.

다시 소설로 돌아가 책을 펼친다. 가만히 제목을 바라본다. 참을 수 없는 존재의 가벼움. 오래전 읽은 추억을 곱씹다 보니 하나의 사실만이 명징해진다. 수많은 이들이 끝없이 반복하며 만들어낸 하나의 역사는 감히 그 무게를 측량할 수 없다.

2 ─── 가벼움이 무거워지는 순간

이야기는 우연히 지방의 한 술집에서 만난 여 종업원인 테레자가 토마시가 사는 프라하를 찾아오면서 시작된다. 소설은 이혼한 외과 의사인 토마시, 레스토랑 웨이트리스 출신인 테레자, 화가인 이혼녀 사비나 그리고 대학 교수인 프란츠를 주인공으로 한다. 이들의 서사는 두 개의 축으로 진행되는데 토마시와 테레자, 사비나 간의 삼각관계가 한 축을 담당한다. 다른 하나는 토마시와 결별 후 사비나가 만난 유부남인 프란츠와의 사이에 생겨난 서사다.

앞서 설명한 것처럼 때는 매우 위태로운 해인 1968년이다. 촉망받는 의사인 토마시는 여러 여자와 육체적 관계를 맺으며 자유분방한 삶을 즐기고 있었다. 환자의 치료 차 방문한 온천 마을의 한 호텔에 우연히 들어가게 된 그는 혼자 책을 읽으며 코냑 한 잔을 주문했다. 그 순간 라디오에서 베토벤의 음악이 흘러나왔다. 하지만 테레자에게 토마시의 존재는 우연이 아니라 필연이었다. 그녀가 일하는 곳에 다름 아닌 그가 왔고, 다름 아닌 그녀가 담당하는 테이블에 앉았고, 다른 것도 아닌 책을 갖고 있었다. 때마침 얼마 전 알게 된 베토벤의 음악도 흘러나왔다. 주술처럼 운명의 힘을 믿은 그녀는 보름 뒤 톨스토이의 『안나 카레니나』를 들고, 토마시를 찾아 프라하로 향했다.

둘은 만나자마자 사랑을 나누었다. 그동안 사랑을 나눈 뒤에도 결코 동침을 하지 않았던 토마시는 이날 테레자를 돌려보낼 수 없었다. 그에게 테레자는 강가에 버려진 아기처럼 보였기 때문이다. "불현 듯 그녀가 죽고 나면 자신도 살아남지 못하리란 것이 너무도 당연한 진실처럼 느껴졌다. 그는 그녀 곁에 나란히 누워 함께 죽고 싶었다. 그는 이러한 상상에 잠겨 그녀의 얼굴에 뺨을 대고 오래도록 움직이지 않았다."

3 ── 사랑, 참을 수 없는 존재

토마시에게는 우연이었지만, 테레자에게는 운명이었다. 둘은 그렇게 부부가 되었다. 그렇지만 토마시의 여성 편력은 잠재울 수가 없었다. 사랑과 성은 별개라고 설명하는 그의 말을 테레자는 이해할 수 없었다.

그러던 중 테레자는 토마시와 '에로틱한 우정'을 나누는 사비나에게 소개를 받아 잡지사의 사진기자가 된다. 거리를 가득 메운 사람들이 소련의 압제에 대항해 시위를 벌이고, 테레자는 카메라를 들고 탄압 현장을 렌즈에 담는다. 이 일을 하면서 그녀는 자신이 강해졌다고 느낀다.

하지만 소련군의 탱크와 함께 돌아온 체코의 지도자 둡체크는 나약하기 그지없었다. 공산 치하의 프라하에서의 생활을 견디지 못한 사비나는 먼저 프라하를 빠져나간다. 신변의 위협을 느낀 테레자 역시 토마시에게 스위스의 취리히로 떠나자고 제안한다.

한편 사비나는 프란츠를 만나 사랑에 빠진다. 그는 한 가정의 가장
으로 안정된 일상을 누리던 교수였다. "사랑한다는 것은 힘을 포기하
는 것"이라고 생각한 프란츠는 가정을 포기하기로 마음먹고 사비나에
게 청혼을 한다. 하지만 그녀는 거절한다. "첫째, 그 말은 아름답고
진실하다. 둘째, 그 말 때문에 프란츠는 에로틱한 삶에서 자격을 상실
한 것이다"라는 이유로.

취리히로 이주한 테레자와 토마시의 삶에도 서서히 균열이 가기 시
작한다. 테레자는 취리히의 한 잡지사로 가서 프라하 민주 항쟁 사진
을 보여주며 실어달라고 하지만 거절당하고, 대신 패션 사진을 찍어보
라는 말을 듣고 모욕감을 느낀다. 토마시의 여성 편력은 취리히에서도
여전히 끊이지 않았다. 집에서 하루 종일 토마시를 기다리는 일을 테
레자는 감당하지 못했다. 그녀는 다시 프라하로 돌아간다.

"내가 당신을 도와야 한다는 것 알아요. 하지만 나는 그렇게 할 수
없어요. 당신에게 나는 도움이 되는 게 아니라 짐이 되고 있어요. 삶
은 내게 너무 무거워요. 하지만 당신에게는 너무도 가볍군요. 나는 이
가벼움을, 자유를 참을 수 없어요. 난 그렇게 강하지 못해요. 프라하
에서는 단지 당신의 사랑만이 필요했는데, 스위스에서는 당신에게 모
든 것을 의지했어요. 당신이 날 버린다면 어떻게 될까? 난 약한 사람
이에요. 난 약자들의 나라로 돌아가요. 안녕."

테레자가 남긴 편지를 통해 그녀의 소중함을 깨달은 토마시. 하지
만 프라하로 되돌아온 그들을 기다리고 있는 것은 한층 무거워진 삶
의 조건이었다.

4 —— 뜻하지 않은 추락의 길

테레자는 소련 탱크 사진을 찍었다는 이유로 해고를 당하고, 친구의 도움으로 변두리 동네 호텔에서 바텐더 일자리를 얻는다. 돌아온 토마시는 의사로 복직하지만 어느 날 과장에게 호출을 받는다. 예전에 그가 한 유력 잡지에 기고한 글 때문이었다.

"당신의 무지 탓에 이 나라는 향후 몇 세기 동안 자유를 상실했는데 자신이 결백하다고 소리칠 수 있나요? 자, 당신 주위를 돌아보셨나요? 참담함을 느끼지 않나요? 당신에겐 그것을 돌아볼 눈이 없는지도 모르죠! 아직도 눈이 남아 있다면 그것을 뽑아버리고 테베를 떠나시오!" 불행의 참상을 견딜 수 없어 눈을 뽑아버린 오이디푸스 왕처럼 체코 공산주의자들에게 자신들의 죄를 통감할 것을 요구하는 내용이었다.

글에 대한 철회서에 서명하라는 요구를 받은 토마시는 끊임없는 추락의 길을 선택한다. 프라하의 유능한 외과 의사에서 도시 외곽 병원의 허름한 의사로, 유리창을 닦는 노동자로, 급기야 시골의 트럭 운전수로 나락을 거듭하지만 후회하지 않는다.

두 사람은 시차로 서로의 생활을 공유할 수 없었다. 호텔 바텐더 테레자가 새벽에 돌아오면 유리 닦는 노동자 토마시는 이미 잠들어 있었고, 토마시가 이른 아침 출근하는 시간에 테레자는 꿈속을 헤매고 있었다. 그러던 어느 날 토마시는 위통을 느껴 잠에서 깨어났다. 스트레스를 받는 순간에 항상 나타나는 그의 오랜 병이었다. 그러나 약이 없었다. 그들에게 최선의 길은 추해진 프라하를 떠나는 것뿐이었다.

5 —— 평생을 함께한 이에 대한 고마움

　도시 생활을 청산하고 시골에 정착한 두 사람은 한동안 평화로운 시간을 보낸다. 우연히 고장 난 차를 고치는 토마시를 보다가 테레자는 그가 늙었다는 것을 실감한다. "힘을 잃어야 평화가 온다니, 슬픈 일이다. 남녀 간의 평화는 종종 두 사람의 성숙이라기보다는 노쇠를 증빙한다. 테레자의 슬픔은 기묘한 행동을 동반하기도 했다." 그 순간 그녀는 깨닫는다. 그의 머리가 하얗게 세고, 외과 의사로서 메스를 다시는 쥘 수 없을 정도로 손가락 마디마디가 굳어버린 것은 자신 때문이라는 것을. 하지만 토마시는 지금이 오히려 행복하다며 그녀를 위로한다.

　일생을 서로 사랑하면서도 삐걱댔던 토마시와 테레자는 드디어 화해한 것처럼 보인다. 하지만 '사람이 갑자기 변하면 죽는다'는 옛말처럼, 화해의 순간과 행복의 찰나는 너무나 짧았다. 두 사람은 시내에 나갔다가 돌아오는 길에, 타고 있던 트럭이 전복하는 사고로 목숨을 잃는다. 스위스에 있던 사비나는 두 사람이 죽었다는 편지를 받고 슬퍼한다.

　"아래쪽에서 희미하게 피아노와 바이올린 소리가 들려왔다." 『참을 수 없는 존재의 가벼움』의 마지막 문장을 읽는다. 이야기는 끝이 났지만 내 안의 질문은 계속된다. 과연 삶은 가벼운가, 무거운가, "인간의 시간은 원형으로 돌지 않고 직선으로 나아간다. 행복은 반복의 욕구이기에, 인간이 행복할 수 없는 것도 이런 이유 때문이다." 하지만 실제로 우리는 일회성의 삶을 살아가면서 하나의 기질 혹은 한 방향성만을 고집하며 살 수가 없다. 참을 수 없는 존재의 가벼움과 무거움이 자웅동체처럼 일평생 함께할 뿐이다.

두 사람이 처음 만났을 때 흐르던 베토벤 현악 4중주를 찾아서 듣는다. 베토벤은 이 곡의 4악장에 "신중하게 내린 결정" "그래야만 하는가" "그래야 한다"라는 말을 써두었다고 한다. 오늘은 마치 사랑하는 이에게 전하는 비장한 각오처럼 들린다. 와장창 요란한 소리로 찾아오는 봄, 햇살을 함께 나눌 든든한 아내가 있음에 감사한 마음이 든다. 책장을 덮는다.

이색적인 문학 기행

인생은 두꺼운 책이다. 나날을 사는 동안 페이지가 늘어간다. 오늘의 문학 기행은 내게 아주 특별한 페이지가 될 것 같다. 여생의 나날 중에 나는 인상 깊은, 오늘의 페이지를 자주 열어보며 즐거운 회상에 젖게 될 것이다. 더불어 생을 충전하는 계기가 되기도 하리라.

2012년 9월 4일 나는 국립중앙도서관과 한국농아인협회가 공동 주관한 '제5회 작가와 함께 하는 독서 문학 기행'에 작가의 자격으로 참가하여 농아인 등 80여 명과 함께 민족 시인 정지용이 나고 자란 충북 옥천에 다녀왔다.

아침부터 줄기차게 비가 쏟아져 내렸다. 내리는 빗줄기를 바라보며, 매를 든 어미의 심정처럼 하늘의 회초리가 방만한 생활의 종아리들을 아프게 다녀가는 것은 아닐까 하는 생각이 들었다. 하늘의 성정이 크게 달라지신 것이다. 저렇게 하늘의 성정이 달라지도록 만든 것은 인간의 지나친 욕망 때문이리라. 생태 재앙은 인간이 만든 것이다. 이상 기후는 앞날에 대한 경고이자 불길한 예언서이기도 하다는 것을 왜 사람들은 깊게 깨닫지 못하는 걸까. 꼬리에 꼬리를 물고 연쇄반응을 일으키는 어두운 생각들.

나는 애써 머리를 흔들어 잡념의 검불들을 털어내려 애를 썼다. 즐거워야 할 문학 기행을 어두운 생각으로 망칠 수야 없지 않은가. 참석

자들을 태운 버스가 서울 톨게이트를 빠져나가자 인솔자께서 준비한 영상을 틀어주었다. 오늘 여행의 테마인 정지용 시인의 시 세계와 그의 일대기를 소개한 프로그램(한국의 인물사)이었다. 나는 두서없이 떠오르는 상념을 접고 화면에 몰두하였다. 돌아보니 일행 모두가 잡담과 수화를 접고 나처럼 화면에 집중하고 있었다.

우리 근현대 시사에 큰 족적을 남긴 정지용 시인은 김윤식, 박용철, 변영로와 함께 시문학을 창간하고 주도하였다는 것, 박목월, 박두진, 조지훈 등 청록파를 발굴해 추천한 이가 바로 지용이었다는 것, 1950년 전쟁의 포화 속에서 홀연히 사라지자 그를 둘러싼 갖가지 추측이 난무했다는 것, 그 가운데 2005년 2월 한 월간 잡지가 정지용 최후 기사를 실었는데 유족에 의하면 사실과 다른 억측에 불과하다는 것, 그 잡지는 정지용이 인민군의 문화 공작대로 낙동강 전선에 강제 투입되었다가 UN군의 포로가 되어 거제도 수용소에 3년간 머무르는 동안 박장현이라는 가명의 군속 노무자로 신분을 속였으며 수용소 생활 중 취사반장까지 맡았다는 것과 전쟁 중 북을 도왔다는 죄책감으로 월북하였다는 것 등의 매우 세세한 내용을 전하고 있었는데 이에 대해 유족은 완강히 부인하고 있는 장면을 보여주었다. 그 근거로 박장현과 정지용이 동일 인물일 가능성을 부인했다. 1902년 5월생인 정지용과 1933년생인 박장현과는 무려 31살의 나이 차가 나고 있다는 것. 요컨대 그는 자진 월북하지 않았다는 것, 그럼에도 불구하고 50년 동안 그의 작품들은 금기의 대상이 되었다는 것, 그리고 이로 인해 유족들은 요시찰 대상이 되어 수난을 당했다는 것 등등, 이밖에도 이 화면은 문학의 재능을 꽃 피우던 시인의 휘문 시절과 유학 시 당대 일본 최고 시인이었던 키타하라 하쿠슈와의 만남, 귀국 후 왕성한 문단 활동, 태평양전쟁 시기『문장』지 폐간 사건, 해방 후 짧은 교편 생활과

언론사 근무, 전쟁 전의 보도연맹 사건 연루 등등 해방을 전후하여 그가 겪은 고난의 편린들과 장남 정구관 씨의 끈질긴 노력 끝에 마침내 시인의 글들이 해금되어 빛을 보았다는 내용에 이르기까지 그야말로 파란만장한 그의 전기적 생애를 망라해 보여주었다.

그 화면을 보면서 나는 시인이 감내했을 필설로 형용 못 할 고충을 떠올리며 마음이 울적하고 착잡했다. 엄혹한 식민지 시절 우리말을 보석처럼 갈고 닦은 그에게 최고의 훈장과 영예를 안겨주기는커녕 생떼같은 목숨을 앗아간 조국의 현실이 너무도 저주스럽고 원망스러웠다.

폭우 탓에 정해진 시간보다 다소 늦게야 첫 여정인 정지용문학관에 도착한 일행은 군 문화 해설자의 안내를 받으며 대시인의 자취를 더듬어볼 수 있었다. 충청북도 옥천군 옥천읍 하계리에 위치한 문학관은 시인의 삶과 작품 세계를 꼼꼼히 들여다볼 수 있도록 잘 꾸며져 있었다. 문학관은 크게 문학 전시실, 문학 체험 공간, 영상실, 문학 교실 등으로 구성되어 있었다. 건물을 들어서니 안내 데스크 오른쪽으로 정지용 밀랍인형이 벤치에 앉아 관람객을 맞고 있었다. 구면인 듯 매우 반가웠다. 음악과 영상으로 정지용 시 세계를 전달하는 통로를 지나니 '지용 연보' '지용의 삶과 문학' '지용 문학 지도' '시 산문 초간본 전시' 코너로 구성된 전시실이 나왔다.

이 가운데 『정지용 시집』, 『백록담』, 『지용시선』, 『문학독본』 등 정지용 시집과 산문집 원본을 전시하고 영상을 통해 육필 원고와 초간본 내용을 감상할 수 있도록 꾸민 '시 산문 초간본 전시' 코너가 특히 인상적이었다. 이 코너에서 발길이 오래 머물렀는데 정지용이 부활하고 있다는 착시감이 들어서 그랬을 것이다. 문학 체험 공간은 '시 낭송 체험' '손으로 느끼는 시' '영상 시화' '시어 검색' 등 멀티미디어 기기를 통해 다양하게 흥미로운 체험을 할 수 있는 공간이라는데 시간

제약상 다음을 기약할 수밖에 없어 무척 아쉬웠다. 문학관을 관람하고 나오니 정지용의 동상과 물레방아 등의 조형물로 꾸며진 작은 공원이 눈에 들어왔다.

하늘의 괄약근이 풀어졌는지 아침부터 쏟아지기 시작한 비는 멈출 줄을 몰랐다. 폭우를 뚫고 일행은 다음 여정인 '춘추민속관'을 찾아갔다. 이 고옥은 1760년(영조 36년)에 聞香 선생이 지은 250여 년 된 전통 가옥으로 처음 지은 분의 호를 따서 聞香軒이라 하며 2010년 1월 옥천군에 의해 향토 유적지로 지정되었다 한다. 본래 와가 85칸 초가 12칸으로 이루어졌으나 현재는 우물 정 자의 문향헌과 행랑채, 우물 등 55칸과 체험관만이 보존되고 있었다. 이곳은 한옥 체험과 한옥 학교, 전통혼례, 민박 한옥, 마실 음악회 등등 전통 한옥 체험 장소로 이용되고 있다고 한다.

문향헌에서 보채는 허기를 비빔밥으로 급하게 달래고 맞춤 공연으로 즉석 그리기와 전통 무용 공연을 관람하였다. 춤꾼들은 주로 초로의 노인 분들이었는데 저분들이 돌아가시면 전통의 맥이 끊기지 않을까 하는 괜한 걱정이 들었다.

공연 관람에 이어, 내가 준비한 강연을 마치고 우리는 다음의 여정인 장계 관광지 '멋진 신세계'로 이동하였다. 대청호반에 자리 잡은 '멋진 신세계'는 시인을 주제로 꾸며진 공원이었다. 바닥에는 지용의 시가 질서정연하게 놓여져 눈길을 끌었고 산 중턱에 위치한 공원에서 내려다보는 대청호는 때마침 그친 비가 운무를 피워 올려 살아 있는 그림을 연출하고 있었다. 선계가 따로 없었다.

하루의 일정을 모두 소화하였다. 빡빡한 일정이었다. 기행을 하는 동안 일행들과 나는 수화를 통해 대화를 나누기도 했지만 이심전심, 눈빛과 눈빛으로 더 많이 대화를 나누었다. 마음과 마음, 눈빛과 눈빛으로 나누는 대화가 더 풍성할 수 있다는 것을 실감하는 하루였다. 오늘의 테마 여행은 내게 아주 두꺼운 추억의 노트로 남아 있을 것이다. 가까운 미래 나는 이 노트를 열어보며 숨 가쁘게 지내온 하루, 하루를 겸허히 복기할 것이다.

윤동주는 나에게 무엇인가

1

우리는 더러 위급한 상황이나 절박한 조건 하에 놓이게 될 때 자신에게 고유한 생의 모델인 그 누군가(아버지, 선배 혹은 역사적 인물)를 처한 입장 안으로 불러 들여 '그'라면 지금의 이 난공불락의 처지나 형국에 대해 어떻게 대처하고 풀어갔을까? 하는 물음을 던짐으로써 스스로 현답을 구해낼 때가 있다.

그러나 그 현답은 누군가가 직접 내게 주는 것이 아니다. 누군가를 떠올리는 자의식의 행위 그 자체에 이미 구하고자 하는 답이 내재해 있기 때문이다. 너무도 자명한 이치이지만 문제적 모델은 상황과 조건의 타개를 위한 수단에 불과할 뿐 목표가 될 수는 없다. 그럼에도 불구하고 그 상정되는 모델은, 예기치 않게 찾아온 난제를 풀기 위한 지혜의 나침반이나 열쇠로 작용한다는 점에서 어떤 이에게는 생의 필요조건이 되기도 한다.

이와 반대의 경우도 생각해볼 수 있다. 그가 살아간 시대의 절대 절명의 위급한 상황과 조건을 '나'라면 어떻게 받아들였을까? 하는 질문을 던짐으로써 현재 봉착한 난제의 해답을 구할 수 있다. 이런 면에서 과거는 완료형이 아니라 현재에 의해 언제든 호명될 수 있는 진행형의 시간이 될 수도 있다.

시인 윤동주는 나에게 무엇인가. 당연하게도 그와 나는 동시대의 인물이 아니다. 그는 이미 생이 완료된 과거의 존재이고 나는 아직 삶을 지속하고 있는 현재 진행 중인 존재이다. 따라서 그는 나에게 생면부지의 낯선 존재이고, 그와는 물질적 관계가 허여되지 않는다.

그러나 그는 나에게 과거의 존재이지만 부단히 현재의 나의 삶에 관여하고 작동하는 영향력을 발휘하는 존재이다. 그런 면에서 그는 낯선 존재가 아니다. 심리적 차원에서 그와 나는 관계의 밀도가 높다. 이러한 관계가 가능하도록 한 매개체가 '시'라는 것은 너무도 자명한 사실. '시'가 아니었다면 그와 나는 물리적인 면에서는 말할 것도 없고 심리적인 차원에서조차 전혀 무연한 존재들이었을 것이다. 이미 고인이 된 그는 그가 남긴 시편들로 인해 후세의 많은 이들과 이와 같은 연의 고리가 간단없이 이어지고 있음을 알지 못할 것이다.

나의 경우 행인지 불행인지 모르겠으나『윤동주선양회』와 문학 계간지『서시』가 주관하는 '제1회 윤동주상문학대상'을 수상한 연이 크게 작용하여 그와의 필연적인 인연의 고리를 갖게 되었다. 이 글의 청탁도 이러한 연이 작용했기 때문이리라.

이전에도 그러하긴 했지만 수상 이후 나의 시적인 삶은 더욱 더 의식 무의식으로 그의 자장권 안에 놓이게 되었다. 이것은 내게 자부와 함께 크나큰 과제를 안겨줌으로써 많은 부담이 되고 있는 게 사실이다. 그만큼 내 방종과 일탈의 영토가 줄어들게 되었으니 오호, 통재라, 이 어찌 애석한 일이 아닐 수 있으랴.

나의 여생은 닥쳐올 문제적 상황과 조건 속에서 문제적 모델인 그를 떠올리는 일이 자주 생길 것이다. 그에게 질문을 던지는(이것은 앞서 언급했듯이 결국 내 스스로 답을 찾는 행위에 불과한 것이지만) 형식을 통해서 내 앞에 가로놓인 장애들을 극복해나갈 수 있을 것이다.

그가 나라를 잃고 북간도와 평양과 서울과 동경을 부평초마냥 떠돌아다니던 '스무 살'을 나는, 천형처럼 타고난 가난을 몸피보다 훨씬 크고 무겁게 짊어진 부모의 등골을 빼먹으며 대처에서의 변변찮은 학업을 근근이 이어가고 있었다. 그는 1943년 27세의 나이로 고종사촌 송몽규와 함께 귀국길에 오르기 직전 사상범으로 체포되어 구금된 후 2년을 언도 받고 규슈九洲의 후쿠오카 형무소에 수감되어 생체 실험을 당하는 등 수형 생활을 하다가, '스물아홉 살'(1945년 2월 16일) 조국 광복을 불과 5개월 앞두고 불운의 생에 종지부를 찍었다. 그와 같은 나이인 '스물아홉 살' 때 나는 대학 졸업 후 취직이 안 되어 동가숙서가식하며 탄식과 울분으로 지리멸렬의 나날을 보내던 끝에 아무런 대책 없이 상경하여 당시『민족문학작가회의』'자유실천위원장'이었던 시인 김규동 선생님의 간곡한 권유로 그 단체 상임간사 직을 맡고 있었다.

이처럼 그와 나는 전혀 다른 시대를 아주 다르게 살았다. 그의 삶이 민족의 운명과 함께 하는 비극으로 점철된 것이었다면 나의 그것은 비록 불행한 것이었으나 지극히 개인사적인 한계에 머물러 있었던 것이다. 물론 나에게도 변명이 허락된다면 할 말이 아주 없지는 않다. 비록 말석에서이긴 했지만 사회변혁 운동 언저리에 가담하여 미천한 몸을 부리기도 했고 그로 인해 개인적 불이익을 감수해야 했으니 말이다. 하지만 감히, 가늘고 긴 내 부박한 생을 선 굵게 살다가 간 그의 통절한 삶에 견줄 생각은 없다. 그렇지만 이런 불경스런 생각은 해본 적이 있다. 내가 살아온 그 광기와 야만의 시대(군사, 자본의 파시즘)를 그가 살아갔다면 어땠을까. 반대로 내가 그의 시대를 살았다면 나 또한 그처럼 고결한 윤리적 성찰의 삶을 끝까지 지켜낼 수 있었을까. 이것은 그도 모르고 나도 모르는 일이다. 다만 그는 이미 그 완결

된 삶에서 그만의 고유한 브랜드를 확정지었고, 언젠가는 내게도 나만의 브랜드가 생겨날 수 있다는 것. 그러니 여생에 가급적 죄 덜 짓고 자기 관리에 힘 써야 되겠다는 자기 다짐 외에 달리 할 말이 없다.

사실, 윤동주는 내게 있어 너무 벅차고 부담이 되는 시인이다. "하늘을 우러러/ 한 점 부끄럼이 없기"를 소망한 시인이라니! 뼛속까지 속물인 나에게 가당키나 한 것인가. 차라리 김수영이라면 모르겠다. 보들레르, 랭보, 네루다라면 모르겠다. 알다시피 그들의 개인사는 시적 성취에 상관없이 얼룩이 많이 있지 않았던가. 특히 여자 문제에 있어서 말이다. 하지만 윤동주는 다르다. 그는 그린벨트다. 청정수역이다. 성지다. 시뿐만이 아니라 삶도 그렇다. 그러니 나 같은, 리모델링 수준의 죄 많은 생이 감히 범접하기 어려운 높은 영역에 그는 속해 있는 것이다.

이런 내게 어쩌자고 '윤동주상문학대상'을 주어서 고문하고 있는지. 아무래도 그간 지은 죄가 적지 않으니 앞으로라도 죄 덜 짓고 살라는 뜻으로 회초리 대신 상을 준 것일 게다. 가뜩이나 가난한 양심에 이래저래 힘들게 생겼다.

이런 이유로 해서 윤동주는 나에게 삶의 모델이 되었다. 좋으나 싫으나 그를 의식하며 살 수밖에 없게 되었다. 나는 이제 그를 떠올려 생의 지렛대 혹은 나침반 혹은 지도 혹은 이정표 혹은 등불 등속으로 삼아야 한다.

2

윤동주가 살다간 마디 짧은 생의 줄기를 잡아당기면 줄기 끝 뿌리에는 어떤 언어의 알맹이들이 매달려 있을까. 몇 개의 단어들이 떠오른다. 순결, 슬픔, 연민, 부끄러움, 성찰, 윤리, 죄의식 등속의 추상어와 우물, 거울, 그린벨트, 열목어, 청정수 등의 구체적 감각어가 순서 없이 떠오르는 것이다. 이 언어들은 서로 간 가족 유사성을 지닌 같은 계열 체의 언어 군이다.

윤동주는 나에게 무엇인가

그는 내 시적 삶의 기원이고 시원이고 자궁이고 고향이다. 원시반본. 내가 나로부터 너무 멀리 걸어왔다는 자괴가 들 때, 그리하여 내 요철의 삶을 되물리고 싶을 때 돌아보는 저 아득한 시선 끝의, 가까스로 통과해온 생의 터널 반대쪽에 실루엣으로 얼비치는 사람이 바로 윤동주인 것이다. 말하자면 그는 영원한 내 시의 발원지인 셈인데, 나는 그 출발선에서 지금 너무 멀리 떨어져온 것은 아닌가. 또 생물학적인 차원이 아니라 정신의 피폐가 가져온 노안으로 인해 그 최초의 발원지가 점차 흐릿하게 보이는 것은 아닐까. 거기에다가 이제는 돌아보는 반성의 자세조차 관성화되었거나 자동화되어가는 것은 아닐까. 아아, 이러한 자괴조차 얼마나 가증에 찬 포즈인가.

내 삶은 현재 마구 파헤친 난개발로 어지러워져 있다. 원인은 바깥에도 있고 안에도 있다. 젊은 날은 바깥에 더 혐의를 두는 편이었지만 근자에 들어서는 안쪽에도 혐의를 두는 편인데 어림도 없는 수작이겠지만 이것이야말로 혹 성숙의 지표가 아닐까? 자위해본다.

위에서 언급한 어휘 가운데 윤동주의 시와 생애를 가장 잘 요약해주는 단어가 있다면, 그것은 '부끄러움'과 '죄의식'일 것이다. 이 둘이, 그의 시편들 속 편재된 정서 가운데 가장 많은 페이지를 적시고 있기 때문이다. 이 점에서 그와 나는 닮은꼴이다. 하지만 그의 특유의 정서가 보다 근원적이고 절대적인 순결 의식에서 비롯되었다면 나의 그것은 부지불식간 두꺼워진 생과 삶의 껍질을 자의식을 가지고 의도적으로 깎아내고자 하는 가상한 노력에서 비롯된 점에서 크게 다르다. 요컨대 그의 순결 지향의 도덕적 정서는 생래적인 것임에 반하여 나의 정서는 의식적 노력의 산물이라는 점에서 차이가 난다.

비록 그렇긴 해도 내 삶이나 시가 치명적인 부도덕의 과부하에 걸릴 때 나는 버릇처럼 그를 떠올릴 것이다. 너무 멀리 가버려 되돌리기 어렵다는 자각이 생길 때마다 누군가 뒷덜미를 잡아당길 것을 나는 믿는다. 돌아보면 아득히 멀리 그가 흐릿하게 서 있을 것이다. 이것이 '윤동주상문학대상'을 수상한 자의 의무요 책임이라는 것을 스스로에게 주문하고 각인하면서…… 아, 고달픈 생의 여로여!

3

완결된 그의 전기적 생애와 아직 미완인 채 진행 중인 나의 이력을 나란히 겹쳐놓는다. 그는 내게 무엇인가?

윤동주는 1917년 12월 30일 만주국 간도성 화룡현 명동촌에서 태어나 용정에서 중학교를 다니고 연희전문학교를 졸업하였다. 일본으로 건너가 릿교대학立教大学 영문과를 거쳐 도시샤대학同志社大学 영문과에 재학하던 중, 1943년 여름방학을 맞아 귀국하려다 일본 경찰에 의해 사상범으로 체포되었다. 고종사촌 송몽규와 함께 2년형을 선고받고

복역하다가 해방을 불과 5개월 남짓 남겨놓고 1945년 2월, 규슈 후쿠오카 형무소에서 옥사했다.

용정에서 중학교에 다닐 때부터 『가톨릭 소년』에 여러 편의 동시를 발표하였고, 1941년 연희전문학교를 졸업하고 일본으로 건너가기에 앞서 19편의 시를 묶은 자선시집自選詩集을 발간하려 했으나 뜻을 이루지 못했다. 이때 자필로 세 부를 남긴 것이 사후에 빛을 보게 되어, 유고시 12편을 추가해 1948년 『하늘과 바람과 별과 시』로 간행되었다. 이 시집이 세상에 나옴으로써 비로소 알려지게 된 윤동주는 일제강점기 말의 저항시인으로 크게 각광을 받게 되었다.

이재무는 1958년 2월 27일(음력) 충남 부여군 석성면 현내리 396번지에서 태어나 그곳 고향에서 초등학교와 중학교를 다니고 대전에서 고등학교와 대학교를 다녔다. 숭전 대학교(현, 한남대학교) 국어국문과 재학 중(1983년)에 대전 충남 지역 출신 문인들이 중심이 되어 펴낸 무크지(부정기 간행물) 『삶의 문학』 제5집에 시를 발표하면서 작품 활동을 시작하였다. 대학 재학 시 제도교육의 실상을 고발하고 대안을 모색하기 위해 펴낸 교육 무크지 『민중교육』지에 「교사 임용 이대로 좋은가」라는 르포를 상재하였다는 이유로 교단의 블랙리스트에 올라 그토록 소원하던 교사에의 꿈이 좌절된다. 이후 상경하여 도서출판 『어문각』 편집부에 재직하게 되고 1987년 『자유문인실천협회』를 확대 개편한 『민족문학작가회의』에서 상임간사 일을 맡게 된다. 그해 시집 『섣달그믐』의 간행을 시작으로 최근의 시집 『저녁 6시』(2007년 12월)까지 총 8권의 시집을 간행하였다. 사단법인 『한국작가회의』의 이사직을 맡고 있으며 여러 대학에서 시 창작 강의를 맡고 있다.

그와 내가 살아온 이력을 거칠게나마 추상화시켜 나란히 병치시켜 놓고 보니 아득한 시간에의 거리감과 함께 쓸쓸한 감회의 습기가 마음 한쪽을 촉촉이 적셔온다.

주지하다시피 그는 가혹한 일제강점기를 순결한 도덕의식으로 살다 간 지식인이다. 그리고 필자는 전근대와 근대를 거쳐 가파르게 탈근대로 치닫고 있는 광속의 시대를 경유하고 있는 중이다. 일본제국의 대외 팽창주의가 기승을 부리던 절박한 시대 상황 속에서 시인 윤동주는 고향 북간도를 떠난 후 평양, 서울, 일본 등지를 떠도는 方外者의 삶을 살다가 끝내 자신의 생을 완주하지 못하고 타의에 의해 29년의 짧은 생애를 마감하게 된다. 그리고 필자는 농경 사회의 철저한 붕괴를 기반으로 들어선 고도 산업사회의 지배 메커니즘 혹은 신식민지 국가 독점자본, 군부 파시즘, 자본주의적 착취로 인한 소외 메커니즘 등의 다양한 표현으로 설명이 가능한 시대를 맨몸으로 통과하여 현재, 자본이 국민국가와 단위 민족의 경계를 넘나드는 세계화, 혹은 자본 노마드 시대를 고투하며 겪어내고 있는 중이다.

그가 살았던 시대와 필자가 살고 있는 시대는 여러모로 그 성질과 양상을 전혀 달리하고 있는 것이 사실이지만 본질 면에서는 크게 차이를 드러내지 않고 있다. 여전히 강고한 외적 억압의 상황에 우리의 운명이 가로놓여 있다는 점이 그러하다. 식민지 시대 지식인의 운명과 현시대 지식인의 운명 또한 자신에게 주어진 삶을 어떻게 개관하고 자리매김하느냐에 따라 가치와 성패가 달라진다는 점에서도 닮은 꼴이 존재한다. 그 시대 지식인들이 자신들의 특권적 재부인 지식을 개인의 치부 수단으로 삼았던 많은 경우에서처럼 오늘날에도 여전히 축적한 재능과 지식을 공동체 실현과는 상관없이 오로지 개인 단위의 성취만을 위해서 차용하는 경우가 더 많이 더 자주 눈에 띄고 있다는 것을 간과할 수 없다.

내가(우리가) 시인 윤동주에게서 타산지석의 교훈을 찾아야 한다면 저 형벌처럼 가혹한 시대 상황 속에서 지식인으로서 한 점의 오점도 없이 자신의 순결한 도덕성을 견지하였다는 점일 것이다.

에누리 없이 자본과 기술의 논리가 나날의 일상에 관철되는, 파렴치한 타락의 시대 반성을 모르는 파시즘 체제에 종속되지 않고 살아가고 있는 자가 과연 얼마나 될 것인가. 시인이라 해서 예외가 될 수 없다. 나 자신 너무도 부끄러운 형편에 처해 있다는 것을 고백하지 않을 수 없다. 감히 윤리의 표상인 그를 떠올릴 수 없을 정도로 내 영혼은 지쳐 있고 병들어 있다.

그를 떠올리면 잘못 살아왔다는 자괴감으로 인해 차마 고개를 들어 하늘을 볼 수 없다. 그렇지만 그런 자괴감 속에서도 애써 자기 위안과 자기 다짐으로 두 주먹을 불끈 쥐어본다. 그가 여전히 내게 부끄러움을 안겨주고 있다면 역설적으로 나는 아직 구제불능은 아니며, 노력 여하에 따라 내 생의 생태가 언젠가 복원될 수도 있지 않을까 하고…….

5.

나의 기원

- 하늘 아래 첫 이름 아버지
- 하늘 아래 첫 이름 어머니

하늘 아래 첫 이름 아버지
아버지에 대한 두 개의 이야기

아버지는 감정이 풍부한 분이셨다. 워낙 배움과는 거리가 멀게 살아와서 그렇지 제대로 배움의 길로 들어섰다면 아마도 예능 쪽으로 재능을 발휘하며 살지 않았을까 할 정도로 사물과 세계에 대해 예민한 감정과 예지를 보이곤 하셨다.

1—— 병들었는데 환부가 없다

아버지를 떠올리면 횡경막 근처로 회한의 피가 몰려오는 듯 가슴 위아래가 까닭 없이 묵직해지고 답답해진다. 살아서는 부자간 살붙이로서의 따뜻한 정을 교감하지 못했던 아버지. 일자무식에다가 술주정이 심하고 걸핏하면 어머니와 자식들에게 폭력을 휘둘렀던 아버지. 그저 무섭기만 해서 가급적 그 언저리에도 가고 싶지 않았던 아버지. 무능하고 고지식해서 오직 당신의 육체만을 생계의 수단으로 삼아야 했던 아버지. 세상의 변화에 둔감하여 향년 59세로 한 많은, 우여곡절과 파란만장과 요철의 생을 마감할 때까지 태어나 자란 곳을 벗어나지 못했던 아버지. 어머니 돌아가신 이후 간경화와 폐병 등의 합병증에 시달리느라 그 좋아하던 술과 담배도 제대로 즐기지 못하셨던 아버지. 아아, 아버지! 내게 가난과 다혈질을 유산으로 물려주신 아버지! 애증과 연민의 대상이신 아버지! 온몸을 필기도구 삼아 뜨겁게, 미완의 두꺼운 책을 쓰다 가신 아버지! 당신을 어찌 회한 없이 돌아볼 수 있겠는가. 당신이 주신 빈곤과 무능과 열정을 오브제로 삼아 나는 문단 말석에 시인이라는 알량하나마 명패를 등재하게 되었으니 이 어찌 감사할 일이 아니겠는가.

내 또래 논두렁 출신들의 대개가 그렇겠지만 나 역시도 어릴적 아버지는 그저 외경의 대상일 뿐이었다. 그림자도 함부로 밟아서는 안 되는, 그런 거인 같은 존재. 나는 그런 아버지가 낯설고 무섭고 싫었다. 그래서 될 수 있으면 아버지를 피해 눈에 띄지 않으려 했다. 술 마시고 밤늦게 돌아와 어머니가 차려놓은 밥상을 마당에 함부로 내던지는 아버지가 끔찍하게 싫었고 일밖에 모르고 살아온, 죄 없는 어머니를 무자비하게 패대는 아버지가 짐승처럼 징그러웠다.

술에 취한 아버지는 미치광이 같았다. 함부로 욕설하고 주먹을 휘두를 때는 마귀가 따로 없었다. 그렇게 광기를 부리고 난 아침이면 순한 가축으로 돌아가 자신이 팽개쳐 부서진 상다리에 못질하고 아교를 붙이는 아버지를 나는 이해하기 힘들었다. 내가 은근히 사모하는 이웃 마을 숙이가 이 장면을 목도할까 봐 어린 맘에도 얼마나 전전긍긍하며 노심초사하였던가.

아버지를 생각하면 몇 개의 인상적인 장면이 떠오른다. 폭염이 기승을 부리던 여름날 오후 서너 시쯤 되었을까. 집에서 오 리쯤 떨어진 저수지 너머의 산밭에서 자라고 있는 끈적끈적한 담배 잎사귀를 따 지게에 한가득 싣고 비탈길을 아슬아슬하게 내려오던 아버지의 모습이 눈에 밟혀오는 것이다. 그날은 여느 날과 다름없이 또래들과 어울려 동네 저수지에서 미역을 감는 중이었는데 한참 개구리헤엄과 송장헤엄을 번갈아 치다가 둑으로 나와서 젖은 몸을 햇볕에 말릴 때였다. 멀리서 위태롭게 걸어오시는 아버지를 보고는 나는 흠칫 놀라 멍하니 입을 벌리고 있었다. 그때 나는 아버지라는 존재가 그리 위대한 거인이 아니라 마냥 작고 초라한 촌부에 지나지 않는다는 것을 예감처럼 알아차리고 있었다. 아, 저렇게 위태위태한 존재가 아버지였단 말인가. 아버지가 보여주던 그 모습은 집에서 식구 위에 군림하며 호령 치던 권위로서의 모습이 아니었다. 그때 내 나이 아홉 살이었다. 그날 밤 누가 시키지도 않았는데 스스로, 담배 건조실 아궁이에 잘게 쪼개 뭉친 석탄을 넣고 있는 아버지 곁으로 가서 불 때는 일을 도운 것은 아마도 아버지에 대한 막연한 연민 때문이었으리라.

다른 한 장면은 아버지가 우는 모습을 우연히 엿보게 되었을 때의 장면이다. 아주 늦은 밤 요기를 느껴 잠자리를 빠져나와 측간으로 가고 있을 때였다. 뒤꼍으로부터 아주 가늘게 흐느껴 우는 짐승의 소리가 들려왔다. 무섬증이 일었지만 호기심이 더 컸던 탓에 살금살금 다가가 굴뚝 뒤에 몸을 숨기고 바라보는 아버지가 장광에, 한 마리 웅크린 짐승처럼 앉아 안으로 느껴 울고 있었던 것이다. 무슨 연유인지 모르겠지만 서럽게 울고 있는 아버지를 보는 일은 아주 괴상망측하도록 낯설었다. 아아, 그날 밤 달빛은 어찌나 교교하던지 아버지 얼굴 주름 고랑을 타고 꼬질꼬질 흐르는 검은 눈물을 선명하게 보여주고 있었다. 그 장면을 통해 나는 아버지가 결코 위엄 있는 사내가 아니라 나약한 고독의 존재라는 것을 실감하였다. 아버지의 눈물은 뭐라 형용하기 힘든 감정을 내게 심어주었다. 나는 그때 어렴풋하게 깨달았던 것 같다. 내 인생은 나 스스로 책임져야 한다는 사실을. 내 나이 열세 살이었다. 훗날 나는 이때의 아버지를 떠올려 다음과 같은 졸시를 남겼다.

이사 온 아파트 베란다 앞 수령 50년 오동나무

저 굵은 줄기와 가지 속에는 얼마나 많은,

구성진 가락과 음표들 살고 있을까

과묵한 얼굴을 하고 골똘히 생각에 잠겨 있는 그들

마주 대하고 있으면 들끓는 소음의 부유물 조용히 가라앉는다

가끔이 장대한 데다 과묵한 그에게서 그러나 나는 참 많은 이야기를 듣는다

그는 나도 모르는 전생과 후생에 대하여 말하기도 하는데

구업 짓지 말라는 것과 떠나온 것들에 대하여 연연해하지 말 것과

인과에는 반드시 응보가 따른다는 것을

옹알옹알 저만 알아듣는 소리로 조근거리며

솥뚜껑처럼 굵은 이파리들 아래로 무겁게 떨어뜨린다

동갑내기인 그가 나는 왜 까닭 없이 어렵고 두려운가

어느 날인가 바람이 몹시 심하게 불던 밤은

누군가 창문 흔드는 소리에 깨어 일어나보니

베란다 밖 그가 어울리지 않게 우람한 덩치를 크게 흔들어대고 있었다

나는 그 옛날 무슨 말 못할 설운 까닭으로

달빛 스산한 밤 토방에 앉아 식구들 몰래 속으로 삼켜 울던 아버지의 울음

훔쳐본 것처럼 당황스러워 애써 고개를 돌려 외면했는데

다음 날 아침 그는, 예의 아버지가 그랬듯이 시치미 딱 떼고 아무 일 없었다
는 듯

무심한 표정으로 돌아가 데면데면 나를 대하는 것이었다

바깥에서 생활에 지고 돌아온 저녁 그가 또 손짓으로 나를 부른다

참 이상하다 벌써 골백번도 더 들은 말인데

그가 하는 말은 처음인 듯 새록새록,

김장 텃밭에 배추 쌓이듯 차곡차곡 귀에 들어와 앉는 것인지

불편한 속 거짓말처럼 가라앉는다

그의 몸속에 살고 있는 가락과 음표들 절로 흘러나와서

뭉쳐 딱딱해진 몸과 마음 구석구석 주물러주고 두들겨주기 때문일 것이다

—「말 없는 나무의 말」전문

아버지의 십팔번은 「신라의 달밤」이었다. 후백제 유민의 후예로 살아온 아버지가 왜 「백마강」이라는 고향 노래를 놔두고 멀리 떨어진 신라의 노래를 자신의 십팔번으로 삼았는지 모르겠다. 노래 실력은 그리 내세울 만한 게 못되었다. 어쩌다 읍내에 나가 친구분들과 술추렴을 하고 오시는 날은 차부에서 내려 집까지의 십 리 길을 걸어오고는 하였는데 엄니의 성화에 못 이겨 마중을 나갈작시면 저 멀리 신작로 끝으로 하나의 점이 다가오면서 하나의 흐릿한 윤곽을 드러내다가 이윽고는 사람의 모습으로 나타나고는 하였다. 나는 경험으로 작디작은 점이 아버지란 것을 금세 알아차릴 수 있었는데 예의 그 노랫소리 때문이었다. 새끼줄로 묶은 고등어 한 손을 건들건들 흔들어대면서 노래를 앞세워 비틀비틀 걸어오는 점. 언제나 노래가 먼저 아버지보다 길을 앞서고 있었던 것이다. 「신라의 달밤」 가락이 비틀비틀 서너 발짝 먼저 걸어오면 아버지의 팔자걸음이 가락의 안내를 받아 따라오는 그 기이한 풍경이라니! 이러한 아버지의 귀가 풍경은 사시사철 가리지 않고 장날마다 펼쳐지는 것이었음에도 불구하고 나는 왜 이 장면을 늘 겨울이라는 계절과 함께 떠올리는지 모르겠다. 눈 쌓인 백지의 벌판을 가로질러 완만하게 활처럼 휘어지게 그어진 신작로를 따라 걸어오는 하나의 흐릿한 점이 시나브로 내게로 다가오면서 점차 또렷한 아버지의 형상으로 전이되는 풍경이 강하게 뇌리에 각인되어 남아 있기 때문이리라. 겨울 눈 덮인 들판을 화선지 삼아 달빛이 그려내는 수묵화와 아버지의 옛 노랫가락은 묘한 앙상블을 이루어내고 있었다. 불쑥 나타난 나를 보고도 아버지는 별말이 없으셨다. 들고 온 고등어 한 손을 내게 넘겨주는 것으로 아버지는 자식을 만난 느낌을 대신하였다.

앞서도 말했지만 아버지는 매우 다혈질이셨다. 한번 화가 나면 걷잡을 수 없이 감정을 표출하고는 하였다. 한마디로 감정의 제어장치가 고장 난 사람이었다. 아버지가 화가 났을 땐 무조건 피하는 게 상책이었다. 대신 뒤끝이 없으셨다. 그 성질머리에 뒤끝까지 있었더라면 식구들 누구도 제명을 누리지 못했을 것이다. 아버지는 타협을 할 줄 모르는 외고집쟁이기도 하였다. 불의를 보면 길길이 날뛰는 성정을 지녔다. 그 때문에 이장 일을 보는 당숙과 싸움이 잦았다. 나는 그러는 아버지가 창피하였다. 그럴 때마다 아버지의 피를 이어받은 내 앞날이 걱정되기도 하였다. 피는 속일 수 없다지 않은가. 아버지를 반면교사로 삼자고 어금니를 깨물고는 하였다.

그러나 아버지는 매우 근면하고 성실한 농사꾼이셨다. 가난하여서 더욱 그랬겠지만 검소가 몸에 밴 생활을 하셨다. 술 마시는 것 외에 소비를 모르고 사셨다. 또 아무리 술에 만취한 날이라도 다음 날에는 새벽같이 일어나 일을 나가셨다. 그리고 누구보다 자식들의 교육에 관심이 많으셨다. 그 절대적 궁핍 속에서도 자식들의 교육을 위해서는 돈을 아끼지 않았다. 당신의 가난과 무능을 대물림하지 않겠다는 결연한 의지의 반영이었으리라.

내가 중학교에 들어가면서부터 아버지는 담배 농사 대신에 양송이버섯 농사를 지어 호구를 이어나갔다. 그런데 이 양송이버섯 농사가 여간 손이 많이 가는 게 아니었다. 온 식구가 달려들어야만 가까스로 가능한 일이었다. 거기다가 다른 농사와는 다르게 주의력을 엄청 요구하는 일이기도 하였다. 자칫 방심하면 병이 생계 폐농하기 일쑤였다. 이른 새벽부터 늦은 밤까지 늘 세심한 관찰과 주의를 기울여야 하는 이 일 때문에 아버지와 어머니는 제대로 수면조차 누리지 못할 때가 많았다. 그렇게 노심초사하며 농사에 매달리는 아버지를 바라볼 때마다 죄를 짓는 느낌이었다. 아버지가 늘 안쓰럽고 불쌍해 보였다. 그러다가도 술에 취해 행패를 부리면 만정이 떨어졌다. 아무리 고되게 일

해도 벗어날 길 없었던 천형 같은 가난이 아버지의 성정의 칼날을 더욱 날카롭게 벼렸으리라.

아버지는 만담꾼이셨다. 남을 웃기는 묘한 재주를 지니고 계셨다. 대학에 다닐 때 방학이 되면 나는 여행을 떠나는 친구들을 뒤로하고 집으로 돌아와 온몸이 시커멓게 타도록 버섯 일을 도와야 했다. 양송이 수확 철이 봄가을인 까닭에 여름과 겨울에 준비를 해야 했다. 일꾼들을 사서 짚을 사들여 썰고 닭기똥을 섞어 알맞게 썩혀 퇴비를 만들고 나서는 객토를 해야 하고 그런 다음 재배실에 입상하여 종균을 뿌리는 일련의 과정은 달포가량 걸렸는데 여간 품이 드는 게 아니었다. 그런데 그 힘든 일의 과정 속에서 아버지는 어디서 주워들었는지 그 많은 우스갯소리를 풀어놓아 일꾼들의 노고를 풀어주고는 하였다. 내가 들어도 정말 우스운 이야기가 많았다. 그 방면에 재질이 있는 분임에 틀림없었다.

또 아버지는 감정이 풍부한 분이셨다. 워낙 배움과는 거리가 멀게 살아와서 그렇지 제대로 배움의 길로 들어섰다면 아마도 예능 쪽으로 재능을 발휘하며 살지 않았을까 할 정도로 사물과 세계에 대해 예민한 감정과 예지를 보이곤 하셨다. 평소 자식들에게 무뚝뚝하게 대하는 아버지와는 다른 모습이었다.

나는 아버지의 말년을 잊지 못한다. 아버지는 어머니가 돌아가시고 나서 급격하게 무너지셨다. 그 당시 나는 대학을 졸업하고 취직이 되지 않아 집을 나와 동가숙서가식하며 살게 되었는데 어쩌다 집에 들를 때면 형편없이 균형을 잃어가는 아버지의 모습을 보게 되었다. 예전의 그 활달하던 기개를 잃고 풀이 죽은 노인으로 살아가고 있었던 것이다. 거기다가 아버지는 그즈음 병을 앓고 있었다. 그 좋아하던 술도 담배도 멀리하고 적막강산으로 하루하루를 기신기신 간신

히 연명해가고 있었다. 그런 아버지를 보는 일은 참으로 괴로운 일이
었다. 볼일이 끝나기가 바쁘게 없는 핑계도 지어내어 아버지를 피해
집을 빠져나왔다.

쉰다섯은 시름시름 앓기 시작한

아버지 나이. 엄니 돌아가신 뒤

두어 해 뒤꼍 그늘처럼 사시다가

인척과 이웃 청 못이기는 척

새어머니 들이시더니

생활도 음식도 간이 안 맞아

채 한 해도 해로 못하고 물리신 뒤로

흐릿한 눈에

그렁그렁 앞산 뒷산이나 담고 사시다가

예순을 한 해 앞두고 숟가락 놓으셨다

그런 무능한 아비가 싫어

담 바깥으로만 싸돌았는데

아, 빈 독에 어둠 같았을 적막

오늘에야 왜 이리 사무치는가

내 나이 쉰다섯 음복이 쓰디쓰다

크게 병들었는데 환부가 없다

―「추석」전문

　아버지는 어머니를 여의고 나서 그 다음다음 해 참척의 아픔을 겪어야 했다. 나와는 연년생이었던 동생이 오토바이를 타고 가다가 샛길에서 도로 쪽으로 달려드는 경운기를 피하지 못해 그 자리에서 즉사했다. 그때 동생 나이 서른이었고 약혼한 지 석 달이 지날 때였다. 아버지는 병력이 깊어감에도 불구하고 기어코 다시 술을 입에 대기 시작하였다. 어쩌면 아버지는 그런 식으로 자살을 감행했는지 모른다. 마지막까지 움켜쥐었던 삶의 끈을 놓고 대책 없이 생을 방기함으로써 스스로 죽음을 불러들였는지 모른다. 아니다. 톨스토이의 소설『이반일리치의 죽음』에 나오는 진술에서처럼 그토록 오랫동안 아버지 몸속에 유숙했던 죽음이 비로소 아버지 육신을 떠났는지 모른다. 그렇다. 누구나 사는 동안 죽음을 산다. 우리는 살아가면서 동시에 죽어가는 것이다. 우리가 마침내 육신을 땅 위에 눕힐 때 그토록 오래 몸과 함께했던 죽음도 홀연히 떠나는 것이다. 그렇게 아버지는 죽음으로부터 놓여나 안식의 세계로 들어서게 된 것이다.

어려서 나는 아버지가 자식들을 살갑게 대해주지 않은 것을 많이도 원망했었다. 하지만 돌이켜보면 나 역시도 아버지에게 무정하게 대하여왔던 게 사실이었다. 내가 어른이 되었을 때 나라도 먼저 아버지에게 다가가 부자로서의 정을 나누었더라면 이렇게 늦은 밤 홀로 자작하며 회한에 젖은 채 아버지를 떠올리는 일은 없었을 텐데…… 생각하면 애석한 일이다. 왜 항상 회한은 돌이킬 수 없을 때에야 찾아오는 것인가!

2 —— 아버지 너머 아버지는 없다

네다섯 살이었을 것이다. 식전 터질 듯 팽팽하게 차오른 오줌보를 비우기 위해 눈가에 덕지덕지 달라붙은 눈곱을 떼어내며 방문을 열고 마루로 막 나서고 있을 때였다. 마당 건너편 사랑채에서 묵직한 신음소리가 새어나오고 있었다. 나는 귀를 의심하였다. 그것은 아버지가 내는 소리였다. 산사태 같은 불안과 공포가 밀려왔다. 흰자위를 희번덕거리며 나는 갑각류처럼 더듬더듬 사랑채로 가 문틈으로 문제의 현장을 엿보았다. 아, 그 무서운 아버지가 아랫도리를 걷어 올리고 윗말에 사는 집안의 할아버지에게서 매를 맞고 있었다. 충격이었다. 내 어린 영혼이 강풍을 만난 빨래처럼 마구 펄럭이고 있었다. 아니, 아버지가 매를 맞다니! 어른도 매를 맞을 수 있다니! 무슨 큰 잘못을 저질렀기에 저런 망신살을 뻗치고 있는 것인가. 어린 마음에도 매 맞는 아버지가 도저히 이해되지 않았다. 지금까지도 나는 그 내막이나 사정을 모른다. 다만, 그날의 그 놀라운 장면만이 뇌리에 박혀 잊히지 않고 있을 뿐이다.

그날 이후 나는 아버지에 대해 나도 모르게 불신의 마음을 키워왔는지 모른다. 물론 아버지는 당신의 아들이 그 현장을 목격했다는 것을 모르고 돌아가셨다. 가장의 권위가 송두리째 바닥에 떨어진 이후 나는 은근히 아버지에 대한 존경심을 내 마음속에서 서서히 지워나갔던 것이다. 그러나 돌이켜보면 그때의 아버지 나이 고작 스무 살 끝물이었고, 그 열혈 청년기에 누구라도 한번쯤 치명적인 실수가 있을 법한 일인데도 나는 가혹하게, 그런 아버지를 자꾸 내 삶의 영역 바깥으로 밀어내려 애써온 것이 아닌가 하는 자책감을 지울 수 없다. 그것은 어린 아들이, 실망을 안겨준 아버지에게 줄 수 있는 유일한 형벌이었는지 모른다.

아버지의 최종 학력은 초등학교 중퇴다. 일자무식한 아버지는 중학교에 다니다가 시집온 어머니에게 느끼는 열등감을 폭언과 폭력으로 풀곤 하였다. 아버지는 할아버지를 일찍 여의었기 때문에 열네 살에 가장이 되었다. 아버지 위로 고모 두 분 그리고 작은 아버지와 막내 이모가 있었다. 아버지가 가장이 되었을 때 고모 두 분은 이미 출가한 상태였다. 위로 홀로 되신 어머니와 철모르는 동생 둘을 책임지는 어린 가장의 삶이 얼마나 간난, 신산하였을까는 짐작하고도 남음이 있다. 요즘 말로 이른바 소년 가장이 된 것이다. 아버지는 만취하셨을 때 어린 자식들을 안방으로 불러들여 곧잘 신세 한탄 늘어놓기를 즐겨하였는데 그것은 어릴 때 겪은 결핍과 부재라는 트라우마가 어른이 되어서도 사라지지 않고 굴절된 형태로 표현된 것이 아닌가 한다. 하지만 나와 동생들에게 그런 아버지의 감정의 배설은 정말이지 고역이 아닐 수 없었다.

"내가 말이다. 열네 살 어린 나이로 세대주 신고를 하기 위해 면사무소를 찾아갔을 때 말이다, 호적계 담당 직원이 도무지 그 사실을 믿어

주지 않아 얼마나 애를 먹었는지 아냐?"로 시작하여 소금 장사하던 시절 지게에 소금을 지고 오다가 비 만난 이야기이며, 사변 때 치른 고생담이며, 못 배워 당한 당신의 설움 보따리를 구구절절 풀어놓고는 하였던 것이다. 감각 잃은 무릎과 저린 어깨며 쥐 오른 다리가 투덜거리며 고통을 호소해와도 차마 그걸 내색할 수는 없었다. 겪고 있는 불편은 아랑곳하지 않은 채 토씨 하나 틀리지 않고 되풀이해대는 이야기, 즉 우리가 하도 많이 들어 줄줄 꿰고 있는 당신의 뻔한 자전적 생애를 귀에 못이 박히도록 하는 것이어서 어떤 날 밤에는 소금 가마니를 지게로 지고 가다가 비를 만나는 꿈을 꿀 지경이었다. 그리고 마지막으로 "땅 열 길을 파보아라, 거기 어디서 십 원 한 장이 나오나. 삭신 우려 번 돈으로 공부시키는 것이니 딴눈 팔아서는 안 되느니라."로 이야기를 마감하면서 호주머니를 뒤져 구겨진 지폐 몇 장을 꺼내 격려금으로 내주곤 하였다. 그러나 그 돈은 우리 몫이 아니었다. 얼마 후 우리를 따라 들어온 어머니가 "아버지가 주신 돈 나한테 맡겨라." 하시며 도로 걷어가 버렸던 것이다. 어머니에게 맡긴 돈이 돌아오는 경우는 없었다. 그런 일이 반복되다 보니 혹 두 분이 짜고 치는 화투가 아니었을까 하는 의구심을 지울 수 없었다.

아버지의 농사 채는 우리 아홉 식구가 겨우 풀칠하는 정도를 넘지 못했다. 논 다섯 마지기와 바 2천 평 정도를 가지고는 호구 외에 다른 여유를 부릴 수가 없었던 것이다. 아버지와 어머니는 금슬이 좋은 편은 아니었으나 자식들 교육열에서만큼은 잉꼬 새처럼 일심동체였다. 우리 형제들이 그 절대적 가난 속에서도 학업을 계속할 수 있었던 것은 오로지 두 분의 그런 뜨거운 열망 때문이었다.

아버지는 거의 매일 술에 의존하여 사셨다. 그런 아버지가 나는 끔찍하게도 싫었다. 하루빨리 성장하여 몸속에, 언제 폭발할지 모르는 인화 물질을 지니고 사는 아버지로부터 탈출하는 것만이 유일한 꿈이었다. 힘든 육체적 노동이 술을 부르고 술이 아버지 몸속에 숨어 사는 열등의식에 불을 질러댔던 것이다.

그러나 아버지는 노름을 하지는 않았다. 그것은 아버지의 고결한 품성에서 비롯된 것이기보다는 그럴 여력이 없어서였을 것이다. 아버지는 술에 취하면 곧잘 감상에 빠지기도 하였다. 노래를 부르며 혼자 흐느껴 울기도 하였다. 그러면서도 아버지는 뻔한 살림 형편에 곧잘 허풍을 떨었다. 공부만 잘하면 유학도 보내주겠다고 큰소리를 치기도 하였다. 한마디로 감정 기복이 심한 생활의 연속이었다. 그런 아버지였지만 어머니 말에 의하면 봇장 하나는 컸다. 그 가난 속에서도 명절날이거나 조상의 기일이 돌아오면 소 다리와 개 다리, 생선 궤짝을 들여와 우리 식구들을 깜짝 놀라게 하였다.

그러나 누가 지독한 가난을 이길 수 있겠는가. 어머니 마흔여덟에 간경화로 돌아가시고 나서 아버지는 갑자기 생기를 잃고 무기력해졌다. 어머니 돌아가시고 난 다다음 해 둘째 아들을 교통사고로 잃고 난 뒤 아버지는 휘청거리기 시작하였다. 그리고 그해부터 아버지 몸속에 몹쓸 별이 들어와 살기 시작하였다. 마침내 59세의 일기로, 시난고난 앓던 아버지는 삼처럼 질긴 목숨 줄을 놓았다. 당신의 손자가 첫돌을 맞은 지 석달 후였다.

내 나이 쉰여섯, 돌아가신 어머니보다 8년을 더 살고 있고, 아버지가 저세상으로 간 나이에 이르려면 아직 3년이 더 남았다. 지금의 아들은 아비인 나를 보며 어떤 생각에 젖어 있을까? 나는 까닭 없이 아들의 침묵이 무서울 때가 있다.

아버지 삽과 괭이를 들고 땅을 파거나
낫 세워 풀 깎거나 도끼 들어 장작 패거나
싸구려 담배 피우며 먼 산 바라보거나 술에 겨서
길바닥에 넘어지거나 저녁밥상 걷어차거나
할 때에, 식구가 모르는 아버지만의 내밀한
큰 슬픔이 있어 그랬으리라 생각하곤 하였다
아버지의 무능과 불운 감히 떠올릴 수 없었던,
그러나 그날의 아버지를 살고 있는 오늘에야
나는 알았다 채마밭 풀 뽑고
담배 피우던 아버지는
흙으로 태어나 흙으로 살다 갔을 뿐이라는 것
늦은 밤 멍한 눈길로 티브이 화면이나 쫓는
오늘의 나를 아들은 어떻게 볼까
자본에 살다 자본에 지쳐 돌아온
나를 바라보는 네 눈길이 무섭다
아버지들은 아주 먼 옛날부터 오늘까지
연장으로 땅 파거나 서류 뒤적이거나
라디오 연속극 듣고 있거나
배달되는 신문 기사를 읽고 있을 뿐이다
아버지에게서 아버지 너머를 읽지 말아다오
아버지 너머 아버지는 없다

─「아버지 너머는 없다」 전문

하늘 아래 첫 이름 어머니

1── 불러도 대답없는 이름이여

어머니는 참으로 신명이 많은 분이셨다. 사람들이 모여 있는 자리에서 언제나 좌중을 이끌며 이야기를 풀어나가셨다. 우스개도 참 잘하셔서 주변 사람들을 흥겹게 하는 데 일가견이 있었다.

조문을 갈 때마다 내게는 이상한 버릇이 있다. 고인의 나이를 알아보는 것이 그것인데 상주나 지인을 통해 실례를 범하지 않게 은근히 기술적으로 알아본다. 내 어머니는 향년 48세, 아버지는 59세에 돌아가셨다. 난 이 점이 너무 애석하다. 부모의 때 이른 죽음이, 자식이 베풀 수 있는 효의 기회를 앗아갔다고 생각하기 때문이다. 부모는 자식들이 은혜를 갚을 수 있는 능력이 생길 때까지 살아줄 의무가 있다.

내 나이 올해로 56세. 돌아가신 어머니보다 8년을 더 넘겨 살고 있는 중이다. 햇수로 따지니 벌써 21년이 다 되어간다. 그러나 나에게 그런 물리적 시차는 아무런 의미가 없다. 어머니는 내 마음속에 영원히 살아 계신 존재이기 때문이다.

부모님이 생존해 계시는 친구들이 나는 얼마나 부러운지 모른다. 아직 부모님이 생존해 계시다는 것은 그분들께 진 빚을 갚을 수 있는 기회를 갖고 있다는 것을 의미하기 때문이다. 빚지고는 못 사는 성격 때문인지 모르겠으나 내게는 평생 갚을 길 없는 부채를 떠안고 사는 일처럼 괴로운 일은 없다.

2 ── 최초로 익힌 문자

내가 일곱 살 되던 해 여름이었다. 밭농사를 짓다가 이른 저녁에 집으로 돌아오신 어머니는 뒤꼍에 임시로 설치한 가마솥에 보리쌀을 안쳐 밥을 짓다가 해종일 저수지에서 미역을 감다 막 사립으로 들어서는 나를 보고는 손짓으로 불러들였다. 너도 내년에는 입학을 해야 하니 이름자 정도는 익혀야 할 게 아니냐? 뭘 벌써 골치 아프게 글자를 익혀? 학교 가면 선생이 어련히 알아서 가르쳐주실 텐디. 아니다. 미리 배워서 나쁠 거 없다. 거기 솥 옆에 자빠져 있는 부지깽이를 집거라. 그게 네 연필이다. 아궁이 밖으로 연신 불의 혀가 빠져나와 솥의 아랫도리를 핥아대고 있었다. 뒷산에서 졸졸졸 흘러내려온 어둠이 시나브로, 뒤꼍 장광이며 마당 안으로 고이고 있었다.

아궁이에서 새어나오는 불빛이 밀려드는 어둠을 가까스로 밀어내는 곳에 생기는 문짝 크기의 백지에 부지깽이를 움켜쥔 어머니가 삐뚤삐뚤 글씨를 써 내려갔다. 나는 어머니가 시키는 대로 부지깽이 연필을 들고 그 글씨들을 흉내 내었다. 얼마나 시간이 흘렀는지 모른다. 아궁이에서 새어나오는 불빛도 잦아들고 그 사이 무성하게 세력을 키운 어둠이 집안 구석구석에 빼곡하게 들어차 있었다. 바깥에서 일을 마치고 들어오는 식구들의 두런두런대는 소리가 들려오기 시작했다. 어머니와 나는 무슨 공모라도 한 사람들처럼 의미심장한 웃음을 주고받은 뒤 그날의 공부를 작파하였다. 그날 이후 그해 여름이 다 가도록

(비 오는 날을 제하고는) 노천 학교에서의 수업이 중단된 적은 없었다.

이렇게 해서 나는 어머니를 통해 생애 처음으로 문자와 만나게 되었다. 당시 비록 농사꾼의 아내였지만 어머니는 일반 아낙들과는 달리 중학교 문턱까지 밟은 이력의 소유자로서 문자 해독력이 밝은 분이셨다. 내가 오늘날 문단의 말석이나마 차지하고 앉아 변변찮은 말과 글일망정 이것들을 수단으로 호구를 연명해 나가고 있는 것도 따지고 보면 어머니가 베푼 이런 은공 덕택이 아니고 무엇이랴. 하지만 애석하게도 어머니는 당신의 장남이 시인이 된 줄도 모르고 너무 이른 나이에 죽음을 맞게 되었다. 만약 살아 계신다면 어머니는 내 시의 가장 강력한 후원자가 되셨을 것이다. 어머니 덕분에 뛰어난 시편들을 얻게 된 유명 시인들처럼 나의 어머니께서도 내게 샘처럼 마르지 않는 시적 영감을 주셨을 게 분명할 것이기 때문이다. 하지만 하늘이 준 운명을 일개 서생인 내가 어찌 피해갈 수 있었겠는가. 다만 나는 추억의 대상으로서 어머니를 떠올려 가난한 시편을 짓고 있을 따름이다.

3 ── 어머니의 잔병치레

어머니는 잔병치레가 잦았다. 걸핏하면 앓는 소리를 내셨다. 허약 체질인 데다가 과중한 노동에 시달린 탓에 날이 갈수록 병세가 위중하였다. 그러나 워낙에 서발막대 걸릴 데 없이 지지리 궁상을 떨 만큼 궁색한 가세인지라 감히 보약은커녕 변변히 약값조차 마련할 길이 없이 애오라지 맨몸으로 견디는 수밖에 달리 수가 없었다.

한밤중 식구들이 잠든 새 신열이 달아오른 어머니가 끙끙 앓는 소리를 내면 건넌방에 거처하시는 할머니의 헛기침 소리가 방문을 빠져나와 낡은 마루를 서성거렸다. 장남인 내가 일어설 수밖에 없었다. 집에서 시오 리쯤 떨어진 면사무소 마을에 있는, 그 흔한 입간판도 세우지 못한, 시늉뿐인 약국으로 달려가 닫힌 철 대문을 조막손으로 꽝꽝 두들겨 알약 몇 개를 사가지고 돌아와야 했던 것이다. 나는 훗날 그날의 심경을 다음과 같이 재구성하여 시편으로 기록해놓았다.

네가 우는 날 밤
나는 끝내 잠 이룰 수 없었다
늦도록 엄니의 가슴앓이는
지붕의 낡은 기왓장 떨어뜨렸고
건넌방 문틈으로 빠져나온
할머님 잔기침 소리는
낡은 마룻바닥 울리며 서성거렸다
간간이 바람이 불었고
뒷산 삭정개비가 부러졌다
그런 날 밤에는
처마 끝에 매단
새끼 다발이 떨어져
뜰방 어지러웠고
일 나간 아비는 돌아오지 않았다
허물어진 담장 안으로
달빛만 푸짐히 내려 쌓였다

— 「부엉이」 전문

237

마을에서 면소 마을까지 가려면 중간에 고개 하나를 넘어야 했다. 지금은 도로 확장으로 인해 거의 평지나 다름없게 되었으나 당시만 해도 간간이 사나운 짐승이 나타나 행인을 놀래킨다는 말이 나올 만큼 지세가 가팔랐다. 어머니의 병세가 아니라면 감히 그 밤길을 나서지 못했을 것이다. 하지만 위중한 어머니의 처지를 장남인 내가 아무리 어리기로서니 무슨 핑계로 피할 수 있었겠는가. 북풍한설 몰아치는 한겨울임에도 불구하고 불끈 쥔 두 주먹엔 더운 땀이 고여 끈적이고 있었다. 거듭 바지 솔기에 땀을 문질러 닦아내며 어머니의 남은 일생을 서투른 산수로 빼고 더하며 고개를 넘었다. 나에겐 밑으로 다섯이나 되는 철부지 동생들이 있었다. 아, 어머니! 어머니 없는 세상이란 상상만으로도 커다란 공포였고 지옥이었다. 나는 하늘에 대고 빌었다. 어머니를 우리 곁에 오래 머물게 해주세요. 약을 사가지고 고개를 넘어오면서 나는 소리 없이 엉엉 울고 있었다.

4 ── 어머니에게 배운 노래

내가 초등학교 저학년일 때 우리 집은 담배 농사를 지었다. 담배 농사는 참으로 품이 많이 드는 농사였다. 한여름에 밭에서 자라는 담뱃잎을 따다가 건조를 시켜야 했는데 햇빛과 바람으로 잎을 건조시키는 게 아니라 새끼줄에 일일이 잎들을 엮어 건조실에 넣고 석탄불을 때 적정한 수준으로 말려야 했다. 그렇게 말린 것들을 최상품, 상품, 하품 등으로 나누는 조리를 해야 했는데 상품 이상을 받아야 제대로 값을 받을 수 있었다. 담뱃잎은 탄저병에 취약하여 잎 사이사이 붉은 반점이 생겼는데 그것들을 가위로 잘라내고 황금색 담뱃잎만을 추려 가지런히 하여야 했다. 이것을 '담배 조리'라 하였다.

담배 농사는 아버지의 몫이었지만 담배 조리는 어머니의 몫이었다. 어머니는 말만 한 동네 처녀를 불러들여 조리를 하였는데 단순 노동의 지루함을 달래기 위해 당시로서는 귀물인 금성 라디오를 틀어놓고 일을 하였다. 하품이 잦은 오후 시간대가 되면 라디오에서는 뽕짝류의 구성진 가락이 흘러나오고는 하였는데 어머니와 처녀들은 누가 질세라 그 노래들을 따라 부르면서 일이 주는 과중한 피로를 달래곤 하였던 것이다. 김세레나, 김부자, 조미미, 이미자 등의 가수들이 불러대는 대중가요들은 나 같은 어린이가 듣기에도 어찌나 서럽고 청승맞고 구슬픈지 까닭 없이 가슴이 먹먹할 정도였다. 그즈음 우리 집에서는 부업으로 수십 마리 닭을 키우고 있었다. 나는 또래들과 어울려 논두렁과 밭두렁을 뒤져 개구리를 잡기에 여념이 없었다. 잡아온 개구리들을 삶아 사료와 섞어주면 닭들이 그걸 최상의 음식으로 알고 달게 먹었다. 내가 개구리를 잡아오면 어머니는 오 원짜리 동전으로 노고를 치하했는데 그 오 원짜리가 발휘하는 위력은 결코 만만한 것이 아니었다.

잡은 개구리들을 철사 줄에 꿰어 의기양양하게 사립을 들어서면 마루에 한가득 들어찬 어머니와 동네 처녀들이 조리를 하면서 예의 노래들을 합창해대고는 하였다. 심상하던 그 풍경은 후에 어른이 되어 떠올릴 때마다 이유도 없이 코끝을 싸하게 만드는 마력을 발휘하였다. 그렇게 몇 해의 여름을 보내는 동안 나는 부지불식간 그 노랫말들과 가락들을 익히게 되었다.

대학 2년을 마치고 입대하기 몇 달 전 어머니는 나에게 군에 가 있는 동안 당신 생각나면 부르라면서 대중가요 몇 곡을 손수 가르쳐주셨고 이윽고 입대일이 코앞으로 닥치자 동네 아낙들을 불러들여 성대하게 송별회를 치러주셨다.

어쩌다 동업자들과 어울려 노래방을 가게 될 때 지금도 나는 그때 배웠던 노래들을 부르곤 한다. 나의 애창곡들은 이미 그때 결정되었던 것이다.

지금 돌이켜보면 어머니는 참으로 신명이 많은 분이셨다. 사람들이 모여 있는 자리에서 언제나 좌중을 이끌며 이야기를 풀어나가셨다. 우스개도 참 잘하셔서 주변 사람들을 흥겹게 하는 데 일가견이 있었다. 또한 병약한 체질과 달리 일 욕심이 많으셨다. 우리 집은 담배 농사를 작파하고 이후 양송이버섯 농사를 짓게 되었는데 담배 농사 못지않게 품이 많이 들고 고되었다. 어머니는 새벽같이 일어나 이 일에 매달리셨는데 어쩌면 어머니의 단명은 어머니 스스로 자초한 측면도 없지 않았다. 일 욕심을 줄이셨다면 그렇게 일찍 하나님의 부름에 응답하지 않아도 될 일이었는지 모른다. 물론 그 일 욕심이 전부 자식들을 뒷바라지하기 위한 것임을 왜 모르겠는가마는.

5 ─── 어머니의 뒤꼍 정치

나의 본관은 함평咸平 이씨이다. 당시 내가 살던 증각골(행정구역 상으로는 부여군 석성면 현내리 청룡 부락)을 위시하여 이웃 동네(탑동)과 건너 동네(종북) 이렇게 도합 세 마을이(쌀밥에 검정콩이 든 밥그릇처럼 드문드문 타성바지가 박혀 있긴 했지만) 대략 함평 이씨로 구성된 전형적입 집성촌이었다. 그래서인지 집안 대소가의 크고 작은 일이 많았다.

동네 아낙들은 누구도 예외 없이 집안일에 소홀할 수 없었다. 초상

집이며 잔칫집에 불려가 온갖 궂은일들을 치러내야 했던 것이다. 그런데 철없는 아이들은 어미들의 노고와는 상관없이 대소가에 일이 생겨나면 마냥 들떠 지내기 일쑤였다. 그런 날은 어미들이 하루 종일 일한 대가로 어김없이 때 묻은 손수건에 떡이며 과일이며 고기 부스러기 등속을 싸가지고 돌아오기 때문이었다.

어머니는 사립을 들어서자마자 목이 빠져라 고대하고 있던 당신 자식들을 마당 한구석으로 불러들여 닭 모이 주듯 음식들을 골고루 나눠주셨다. 어머니가 가져온 음식은 입에 넣자마자 혀 속에서, 햇빛이 다녀간 얼음조각처럼 순식간에 녹아버렸다.

기다린 시간에 비해 음식이 몸속으로 사라지는 시간은 너무도 짧았으므로 늘 아쉬움이 크게 남을 수밖에 없었다. 무언가 형언하기 힘든 허전함으로 속이 덜 찬 배가 투덜거리기 시작할 때면 뒤꼍에 있던 어머니가 누가 볼세라 급하게 나를 은밀한 손짓으로 불러들였다. "장자니께 특별히 더 주는 거다. 아무한티 말하믄 안 되니께 얼른 숨겨라." 하고는 털이 듬성듬성 박힌 돼지비계 서너 조각을 내 손에 얹어주는 것이었다. 나만 받아먹는 그 돼지비계의 고소한 맛이라니! 나는 어머니에게 특별히 더 대접받는 우월감에 젖어 아끼고 아껴 먹으며 어머니에 대한 효심을 다짐하고 또 다짐했다. 매번 있는 일이었지만 늘 처음 겪는 일처럼 새롭게만 느껴졌던 어머니와의 밀거래. 하지만 나중에 나는 그것이 어머니만의 특별한 정치라는 것을 알게 되었다. 이름하여 '어머니의 뒤꼍 정치'. 어머니는 동생들에게도 그런 방식으로 특별한 사랑과 관심을 표명했던 것이다.

시의 자궁을 찢고 나온 시

마흔여덟 올매듭을 끊어버리고

다 떨어진 짚신 끌며

첩첩산중 증각골을 떠나시는 규

살아생전 친구 삼던 예수를 따라

돌아오라란 말 한마디 없이

물 따라 바람 따라 떠나시는 규 엄니

가기 전에 서운한 말

한마디만 들려달라고 아부지는 피울음 쏟고

높은 성적 받아왔으니

보아달라고 철없는 막내는 몸부림쳐유

보시는 규, 모두들 엄니에게 못 갚은 덕을

한꺼번에 풀고 있는 이웃들의 몸 둘 바 모르는 몸짓들인데

친정집 빚 떼먹은 죄루다

이십 년 넘게 코빼기도 안 보이던

막내 고모도 갚지 못한 가난

지 몸 물어뜯으며 저주하구유

시집오면서 청산 과부 올케에게

피눈물로 맡겨놨다던 열 살짜리 막내 삼촌도

어른 되어 돌아오셨슈

보시는 규, 엄니만 일어나시면

사는 죄루다 못 만난 친척들의

그리움 꽃 활짝 필 흙빛 얼굴들을

—「엄니」부분

지극히 불행한 시대와 불우한 개인의 전기적 생애가 미학의 형식을 불러들인다고 말한 이는 헝가리 태생의 문예 사상가 게오르그 루카치였던가. 나는 이 진술에 기대어, 궁핍하고도 지리멸렬하게 전개시켜온 내 문학의 기원과 배경과 이력을 감히 다음과 같이 말하고자 한다. 1980년대 중반 내가 시에 입문하고 시를 운명으로 받아들인 것은 문학에 대한 각별한 의지에서 비롯된 것이 아니라 내 개인의 특수한 환경에서 말미암은 것이었다고, 요컨대 내가 시를 찾아 나선 것이 아니라 어느 날 불쑥, 넝마의 생활 속으로 시가 얼굴을 내밀어왔던 것이다. 이 말을 너무 거창하게 받아들일 필요는 없다. 오해가 없기 바란다. 내가 무슨 시대의 운명을 타고난 시인이었다,라는 뜻이 절대 아니다. 불우하고 또 불우한 개인의 특수한 환경이 자연스럽게 시를 불러들였다는 말 정도로 이해해주길 바란다. 다만 그것(환경과 시의 만남)은 어떤 의지의 작용이라기보다는 우연처럼 이루어졌다는 것. 더러 생활은 소용돌이와 같아서 벗어나려 안간힘 쓰면 쓸수록 더욱 굴레에 말려들게 된다. 작동 중인 에스컬레이터를 역방향으로 오를 때의 느낌이랄까. 도망쳐온 거리에서 돌아보면 늘 그 자리였다. 그럴 때마다 좌우를 살펴보면 그림자처럼 부지런히 뒤따라온 시가 연민에 가득 찬 얼굴로 땀에 젖은 나를 응시하고 있었다.

내 스무 살을 색으로 표현한다면 그것은 온통 잿빛 일색이었다. 어머니를 종산에 묻고 돌아온 그날 밤 달빛이 하얀 문창호지를 뚫고 들어와 얼룩덜룩한 벽면에 알 수 없는 상형문자를 그려내고 있을 즈음 나는 잠든 식구들 몰래 일어나 방구석 저 홀로 외로운 앉은뱅이책상 위에 놓인 부의록賻儀錄을 끌어다 빈 페이지를 열고 위 시편을 썼다. 시가 무엇인지 전혀 모르는 상태에서 그냥 감정의 응어리를 통해내었다. 미적 형식을 전혀 고려하지 않은 채 안에서 시키는 대로 날것의 감정을 여과 없이 쏟아낸 것이다. 나는 그렇게 시에 대한 이렇다 할 배경지식도 없이 마구잡이로 작품 아닌 작품 하나를 얼렁뚱땅 지어냈던 것이다. 아니 지어낸 것이 아니라 내 안의 응어리진 울컥을 토해낸 것이다. 이후 이 울컥은 어찌 어찌하여 대학 교지에 실리게 되었다. 이렇게 해서 비록 어설플망정 문자로 기록한 이 시편은 내 처녀작이 되고 말았다. 돌이켜보건대 이 시는 최초로 내 시의 자궁을 찢고 나온 시 이전의 시, 즉 시의 무녀리(그것도 임신 기간을 미처 다 채우지 못하고 나온 팔삭둥이)로 두고두고 떠올릴 때마다 내 낯을 민망하게 만들고는 있으나 모자라면 모자란 대로 제 도리를 다한 자식인 데다 엄연히 내 시의 가계사에 등재된 장자이고 보니 함부로 내칠 일이 아닐뿐더러 그 모자란 체수 때문에 은근히 정이 더 가는 터여서 여지껏 남모르게 그 어느 잘난 자식들보다 품에 가깝게 지녀온 것이기도 하다. 이 시편 이후 나는 어머니를 제재로 한 제대로 된 시 한 편을 아직 쓰지 못하고 있다.